U0939872

读蜜

读 一 页 书 舔 一 口 蜜

法医之神 3

让法医哭泣的二次鉴定

[日] 上野正彦 著　田建国 译

北京联合出版公司
Beijing United Publishing Co.,Ltd.

读蜜文化　　策划

目录

Contents

前言

为了真相

我的职业是法医。为了查明东京都内非正常死亡尸体的死亡原因，我在东京都法医院做验尸和解剖工作，从1959年到1989年，一干就是30年。

经我手验尸的有20000余具，解剖的有5000余具。

我一直在倾听死者的声音：

“我不是自杀的。我是被杀的。”

我从东京都法医院退休时，《尸体会说话》[①]一书付梓，成为畅销书。

也许因为这个原因，委托我对已有尸检结论的尸体进行二次鉴定的情况也多了起来。我便一边作为法医学评论家为电视台和广播电台做解说节目，一边应承着警察、保险公司或遗属的请求。

① 原著名为《死体は語る》，中文直译为《尸体会说话》，是本书作者退休后的第一部著作。中文译名《不知死，焉知生》，王雯婷译，北京大学出版社2014年11月出版。

“验尸解剖的结论已经出来，真的可靠吗？能拜托您做一下二次鉴定吗？”

有时案子已经按交通事故处理了，却又出现了他杀嫌疑，警察会来委托我，说想让我来做二次鉴定；有时投了1亿日元人身意外伤害险的人遭遇不测，却有他杀嫌疑，保险公司会来委托我，问能不能请我做二次鉴定；有时明明是受虐被杀，验尸结论却是“因病死亡”，遗属不能接受，便会委托我，问能否请我做二次鉴定。

我会仔细查阅他们提交的材料，只接受那些能够满足委托人愿望的鉴定，做不到的我就会拒绝。我决不因为能够收取鉴定费就歪曲事实，做出对委托人有利的鉴定。

迄今为止，我已经做了300多例二次鉴定，每年大约10例。开始做尸体的二次鉴定以来，我颇有心得。这话说出来也许有毛病，但较之传统的验尸和解剖，二次鉴定确实充满了戏剧性。

别的法医学家已经出了鉴定结论，却要怀疑这个结论是错的，进行二次鉴定。这中间，各色人等错综交织，案子也会一翻再翻。有时案子久拖不决，我会接受委托对二次鉴定的结论再做鉴定，还会出庭作证，与第一位鉴定人对峙。

这次是我第一次将写作聚焦于“尸体的二次鉴定”，恭请各位追踪这出雅剧。

上野正彦

第一章

揭穿谎言

请看我的脸

我坐在县警署一辆便衣警车后座上，穿过流淌着圣诞歌的街道，前往一处案发现场。司机是一位年轻的刑警，坐在我身旁的是负责本次案件的中年刑警。

“先生，今天就拜托您了。”

办案刑警说着鞠了一躬。我们一个多小时前一起上了车，已经在车上坐了很长时间。办案刑警大概是个话痨，一上车就开始谈论一起连日来占据电视荧屏的恶性案件。之所以聊案子，可能是他的职业习惯，也可能只是闲聊。大概是聊完了，刑警换了个话题：

“前几天我的体检报告出来了，怀疑我有糖尿病。先生，您看我该注意些什么呢？”

我的头衔是原东京都法医院院长，同时也是医学博士，所以也有不少警官向我咨询这类事。以前曾有个一起工作过的警官找我咨询，说他女儿感冒后久治不愈，是不是得了别的病。他的样子更接近闲聊，就像是见到教师就咨询教育、见到和尚就咨询人生那种。一直以来，我基本只同尸体打交道，但从东京法医院退休后的一段时间，有个医生朋友请我协助过他的体检工作，所以在这方面我也不算是个彻底的外行。针对糖尿病，我给出了一些自己的建议。突然，刚才还一脸柔和微笑听我说话的刑警神情骤变：

“先生，马上就要到了。”

他把身体探到驾驶座和副驾驶座之间，命令正在开车的下属道：“转弯前停车！”他脸上那副咨询者的沉稳表情，转瞬化为刑警的表情。便衣警车在路边停下，刑警叮嘱我道：

“先生，这条道左拐就是本案现场。现场就在受害人家跟前，家人还住在里面。左邻右舍也都看得见。请您最好像个没事人儿似的，观察时尽量不要停下脚步，别暴露咱们是来侦查的。这就帮了大忙了。我说话冒失，还请您多多包涵！”

“哦，知道了。”

我跟警察打交道多年，很理解这种事。

我事先看过现场的照片，脑子里已经有了大致的样子。

我下了车，步履稍稍小心地按照刑警的指示沿路左转。前方有一条笔直的机动车道，向里延伸约100米。

车道的左右两边各有宽约 1 米的人行道，看上去就是地方上随处可见的住宅街区。

现场一眼便知，无须寻找，因为前方约 30 米处正对着左侧人行道与机动车道分界的地方，绑着小小的一束鲜花。

是谁献的花不得而知，但每每在现场看到这样的情形，我都会再次认识到世间仍有人情在。事故已经过去了 4 年，至今还有人没有忘怀，亲手献上鲜花为死者祈求冥福。这件事打动了我的心。

我走到附近，视线略略投向左边。

坡道两侧房屋成行，大概其中某户就是受害人的家。

4 年前的夏天，深夜 11 时许。

住在那幢房子里的主妇要去便利店买果汁，骑上自行车出了门。房子的地势略高，要下一段短坡才能进人行道。据说自行车下坡时速度加快，不知道车轮轧到了小石子还是别的什么，主妇连人带车向前栽倒。

人行道前方就是机动车道，她摔倒时，自行车留在了人行道上，她本人被抛到了机动车道上，向前倒下。不幸的是，她刚摔趴在机动车道上，一辆汽车就以六七十公里的时速开了过去，她头部被汽车左前轮碾轧，当场死亡。

在司机的眼里，情况是这样的：汽车正行驶在一条直道上，突然出现了一个人从左侧人行道上飞出，趴在了机动车道上。司机发现时已经晚了，来不及刹车，左前轮轧了过去。

虽然当场就叫来了救护车，但已回天无术。

主妇被送进了医院。医生出具了死亡诊断书。死因栏里写着“颅骨底骨折及脑挫伤”。

现场勘查时，当地警署交通处的警察在场。

与主妇住在一起的母亲目击了事故的全过程。

据她说，女儿骑着自行车从坡道进入人行道时失去平衡，飞过人行道，被抛到机动车道上，趴在了那里，不巧被从右面方向驶来的汽车轧到。

这与司机的证词一致，案子便当作交通事故处理掉了。

那我又为什么会来到这起事故的现场呢？

而且，是与刑侦一处的刑警，而不是与交通处的警官一起来的呢？

这是大约一周以前，12 月上旬的事。

三位刑警来到我家。一位是最先给我家打电话约见，也就是在警车里坐在我身边跟我闲聊、问糖尿病该注意些什么的中年刑警，另一位是这次开车的年轻刑警，还有一位是他们的上司，负责恶性案件的警司。

警察内部是典型的等级森严，同两位下属一起来访的警司是礼节性拜会。用杂志打比方，与我同行去现场的刑警是责任编辑，警司则相当于主编。

我把三位让到客厅，他们便按上司、办案人、助手的顺序依次在沙发上落座。坐在中间的办案刑警主要负责说明案情。

“其实啊，先生，今天前来打扰您，还是为了夏天请您出具鉴定书的那起交通事故。后来我们进行了秘密侦查，前两天逮捕了死者的母亲。现在想请您再做一次鉴定。”

刑警匆匆开场后，便从包中取出厚厚一沓侦查资料。他虽然表情严峻，但并不是讯问，而是来求我帮忙的，所以语气很柔和。

因交通事故死亡的受害人投保了人身意外伤害险。

我们得到情报，说受害人的母亲领取了保险金，态度非常嚣张。而且，开车的司机与受害人的母亲有来往。

这样，一度在交通处作为交通事故处理的案件便被移送到了刑侦一处。

刑侦一处再次侦查。在秘密侦查的过程中，他们委托我做了第一次二次鉴定。

我仔细查阅了鉴定书和资料，出具了鉴定书并提交给了警察。后来，警察似乎根据这次鉴定结论追查到了死者的母亲，并逮捕了她。

说起来，这事要追溯到 7 月份。

二次鉴定的委托书是辖区警署署长签名后送达我的。

警察有两大事项希望我做出鉴定。

一是这起事故的发生过程究竟是怎样的。

二是辗轧时车速为每小时六十公里的说法与尸体的情况有没有矛盾。

这是在委托我再次调查 4 年前把案件当成交通事故处理是否正确。

司机的供词如下：

“我以六七十公里的时速行驶，发现前方有个人从人行道上飞出来，上半身趴在了机动车道上。等我反应过来时已经离那人不到十米，根本没有时间刹车。左前轮咚地颠了一下。糟了，轧到人了！我的脑子顿时一片空白。”

交通处的警官也确认，现场没有留下刹车痕迹，这与供词一致。

目击了事故过程的受害人母亲说：

“女儿说了句‘去下便利店’就匆忙离家，骑自行车出门了。看到她匆匆忙忙的样子我莫名奇妙地担心起来，就从窗户往外看。因为家门口的坡道很陡，人行道和机动车道交会的地方，经常会有汽车险些撞到行人和自行车的情况。莫非不祥的预感灵验了，女儿刚骑到路上，自行车的轮胎可能轧到了石子什么的，人被抛出摔倒，上半身趴在了机动车道上。不巧汽车从右边开来轧到了她。我急忙从家里出来跑到了现场。”

赶到现场的急救人员的证词称，受害人躺在地上，呈仰卧状与汽车平行，估计是被汽车碰撞撞飞后，翻转成了仰面朝天的姿势。

“受害人头部和面部受伤，此外未见明显外伤。肇事车辆上有混有油脂的污渍和毛发，但车身和轮胎没有破损。”

这是最初作为交通事故处理时的证物所见。

我根据警察提供的资料进行了二次鉴定。警方为本案提供了如下资料：

首先是案发现场的实情甄别笔录，以及轧人车辆及受害人自行车的实情甄别笔录。

这些资料反映了事故发生时现场、肇事车辆以及受害人自行车的状况。

其次是受害人的死亡诊断书（验尸报告）。

这个资料反映了最先见到受害人的医生是如何认定受害人死亡的。

然后是急救人员赶到现场时的记录，上面记录着当时受害人的情况以及呼叫救护车时的电话对话。

这些都是与事故没有直接关系的人看到现场后的客观证词资料。

最后是受害人的外伤照片、现场以及肇事车辆的照片类。

这些资料对鉴定都特别重要。如果没有受害人的外伤照片，法医学鉴定将束手无策。照片越详细越好，即使是相似的照片，角度不同所见也不尽相同。尽管有很多地方必须通过解剖才能弄清，但本案没有进行解剖。资料中还附有头部的 X 光片和 CT 照片。

实际上，警察还委托了一位大学教授做了同样的鉴定。是在 6 月份，委托我之前的一个月。

他们委托我结合这次鉴定结论再做一次鉴定。

那么，大学教授针对此案最初推导出了怎样的结论呢？

鉴定意见书里有多达 30 张的受害人照片，每张都加上了解说，最后得出了结论。

鉴定了面部和头部的照片之后，大学教授给出了以下的结论：

“可以认定，受害人的右后至右侧头部触到路面或其他表面凹凸之处，在此状态下左颊受到强大的钝器压力。”

这就是说，受害人的右脸被摁在地上，车轮碾过头部左侧，左脸被压扁。

“推定外力作用于面部的部位，未见显示钝器撞击的特征。根据头部、面部已被压扁可以认定，钝器主要是作为压迫性外力产生作用的。面部右颊有凹陷，显示对路面产生了压迫。现场路面血液中有丝状物，可以认定是头发。据此可以认定，压迫性外力是在右后头部接触路面的状态下产生作用的。”

这里对受害人被碾轧时的状况做了说明。

“左颊创伤是车辆直接参与形成的外力即车轮碾轧所致。此外，根据没有撞击痕迹的情况可以认为，车辆是以较低速度轧过横卧在地的受害人面部的。”

通读下去，鉴定书上还写了以下内容：

第一，回答了警察在委托书中提出的“此次事故发生、经过如何”的问题。第一位鉴定人给出的结论是这样的：

“4 年前认定受害人俯卧被轧的尸体表现并无问题。由于没有与车辆撞击的痕迹，受害人是在俯卧状态下被车辆自右向左轧过的。”

第二，回答了受害人被六十公里时速车辆碾轧的说法，与尸体表现对比是否存在矛盾的问题。

关于这一点，这次鉴定给出的结论是：“可以推测，撞击时的时速最多二三十公里，而非六十公里左右。”

这个鉴定结论，只是按照警察调查的结果解释了交通事故中死者的受伤情况。然而，刑侦处虽然没有明确的见解，却心存不安，认为此案并非单纯的交通事故，必定另有隐情。这就是他们委托我做二次鉴定的原因。

我对此案又提交了怎样的鉴定结论呢？

我依据与前述大学教授完全一样的资料做了二次鉴定。

也许很多人会认为，使用同样的资料难道还能得出不同的结论？同样的资料只能得出同样的结论。然而，事情未必如此。

即使查阅同样的资料、同样的照片，也会因为看法不同而结论大相径庭。在这个领域里，经验也会起到重大作用。

一切始于认真检阅每一份资料和照片。

第一位鉴定人——那位大学教授的结论与我的二次鉴定有什么不同呢?

在第二个问题上我们是一致的，即受害人不是被时速六十公里而是被更慢速度驶来的车辆所碾轧。但在我们之间，有一点截然不同。

我提交的鉴定意见书结论如下：

“如果以车辆的参与为前提考虑颅骨底骨折、脑挫伤、下颌骨骨折等的受伤原因，那么，认为受害者以仰面状态或相近姿势横卧路上，低速行驶的车辆自其左颊朝其右颊方向轧过，方无矛盾。”

这就是说，大学教授给出的结论是受害人在俯卧状态下被汽车碾轧，而我给出的结论则是受害人在仰卧状态下被汽车碾轧。

依据相同的资料怎么会得出如此不同的结论呢?

大学教授主张受害人是在俯卧状态下遭汽车碾轧的，但资料里那些关键性证据照片却证明事实绝非如此。

证明大学教授错了的关键性证据究竟是什么呢？

受害人的脸贴在混凝土路面上。如果是俯卧着被车辆碾过，那么，在擦伤和颅骨底骨折之类的证据形成之前，必定会有其他伤痕留在尸体上。

那就是沙石粒所造成的伤痕。

然而受害人的脸上并没有沙石粒留下的伤痕。

如果是俯卧着被汽车碾轧，面部会承受巨大的压力。假如将手包放在混凝土路面上，汽车从上面碾轧过去，路上的细小沙粒肯定会最先沾到手包上。其中的道理是一样的。

车轮轧在头部，细沙粒就会沾到脸上。但是，照片并没有拍到这种情况。为什么如此重要的线索会被忽略呢？

也许有人会认为，即使没能发现沙粒，但如果在仰面状态下脸部被碾轧，脸上就会留下轮胎的痕迹，这不是很容易就能看出来吗？

然而，实际上人体被汽车碾过时，驱动轮留下的轮胎痕迹要比非驱动轮留下的明显。而本案肇事车辆的前轮是非驱动轮，又是低速碾轧，受害人面部虽有伤痕，却没有留下肉眼能够辨别的轮胎痕迹。大概是伤痕过于轻微，大学教授才认定是与地面接触造成的。

这里还有一个重要的疏漏。主妇从自行车上摔下来，向前扑倒在机动车道上。这时通常人的两条胳膊会保护性地向前伸出，条件反射地采取防护面部的姿势，因而双手掌面会形成擦伤，双腿膝盖也会形成擦伤和跌打伤，但这位主妇身上未见这些伤。

如果两条胳膊保护性地伸到面部附近，上肢也应该与头部、面部一齐被汽车碾过，但是受害人上肢却没有受伤。这样一来，这位主妇就是在双手未采取防护姿势的情况下，面部先触地摔倒在路上的。不得不说，这样摔倒极不自然。也许大学教授（第一位鉴定人）因事故目击者提供的证词形成了先入为主的想法，考察时把俯卧状态当成了前提。这种事经常有。

翌月，案子因我提交的鉴定书发生了重大变化。

如果大学教授的鉴定是对的，那么，尽管此案被当作交通事故处理时得到的证词与汽车行驶速度的证词不一致，仍然可以成为受害人是摔倒后被碾轧的证据。

但如果我的鉴定是正确的，那么，那位目击案发全过程的母亲的证词就是谎言。

警察依据我的鉴定结论追究了受害人的母亲。她交代了真相，并于 11 月被捕。

这就是本月即 12 月，三名刑警为委托我做进一步鉴定来到我家的前因后果。

这次是警察听了受害人母亲的供述，发现了新的疑点，来委托我做进一步鉴定。鉴定的前提事项这样写道：

1.“可以认定，受害人是在仰卧于路上的状态下被轿车碾轧头部的。”

这是因我的鉴定结论而真相大白后形成的新的前提事项。

2. “可以认定，受害人的脖子被右臂勒住后又被铁锹柄（木质）摁住。”

这是根据受害人母亲的交代增加的前提事项。

3. “嫌疑人交代，受害人在脖子被铁锹柄摁住后，发出了‘唔……’的呻吟声，进而发出挣扎扭动身体的声音，然后声音消失，受害人大小便失禁。”

同前项。

4. “推测受害人从被人勒住脖子到被汽车碾轧，中间有 20 分钟左右的时间。”

亦同前项。

警察委托我基于这些新的前提事项进行再次鉴定，弄清受害人是如何死亡的。

为了这次鉴定，刑警希望我进一步掌握情况，才让我坐上便衣警车，由刑警开车把我带到了现场。这就是本文开头那段的经过。

受害人究竟是被汽车碾轧致死的，还是脖子被勒窒息而亡的呢？这就是我受托鉴定的内容。

我想我的读者们都知道，如果是脖子被勒窒息而死，解剖时可见颅内淤血。本案没有进行尸体解剖，具体情况不得而知，但从尸体表现可以进行一定程度的推测。

观察窒息死亡的尸体，通常可见因颈静脉闭塞引起的伴有面部膨胀的淤血。但本案受害人面部未见这种情况。因此，可以认定受害人颈静脉虽受压迫，但血液仍在循环。也可以推定这种程度的颈部压迫不会致死。

受害人的母亲供述，勒住脖子后受害人的大小便失禁。但这是否就意味着受害人已经死亡了呢？上吊自杀的人会大小便失禁，因此人们常会这样想当然，但我们不能以此来判断生死。失禁是失去意识时神经系统麻痹造成的，所以尚未死亡也会失禁。据信，受害人从颈部被勒到被汽车碾轧，这中间约有 20 分钟时间。考虑到这个时间，受害人在被汽车碾轧时仅仅是暂时昏厥，仍然活着的可能性极大。

受害人有一条延伸到左下颚的带状皮下出血，可以视为汽车压迫造成的。受害人左耳部有斑状皮下出血。这些都是只有存活状态下才会发生的生活反应①。鉴于这

①生活反应指暴力作用于生活机体时，在损伤局部及全身出现的防卫反应，包括形态改变和功能变化。根据伤者存在的生活反应可以确定受伤当时伤者尚处于存活状态，有时还可借以推断伤后存活的时间。

一点可以说，受害人在被汽车碾轧时尚处于存活状态。

根据这些信息，我再次做出结论：可以认定受害人在遭到汽车碾轧时仍然处于存活状态，死亡原因是颅骨底骨折所致的脑挫伤。

与受害人母亲一同被捕的还有 4 名男子，5 个人狼狈为奸共同实施了犯罪。

这 5 个人的分工是：两名男子勒住受害人的脖子致其昏迷，之后将其搬到路上使其横卧，并示意在这里待命的汽车开过来。负责开车的另一个人碾轧受害人。最后一个男子负责向警察报案。母亲则充当目击证人。令人震惊的是，受害人的母亲也是同案犯。

“女儿骑着自行车下坡时因落差而被绊倒，上半身被抛在机动车道上呈俯卧状，被路过的汽车碾轧。”

5 个人如此这般缜密地制订了计划并付诸了实施。

起初案件被作为交通事故处理，一切都是按计划进行的。

但是，他们 5 个人因为人类的一种习性而犯了致命的错误。

通常，抬人的时候总是把人仰着抬的。实际做一下就很容易明白，趴着的人是很难抬的。

他们把受害人仰面抬到路上，心虚作祟，将她在仰卧状态下直接放下，把她的两只手放在了腰的两侧。当时他们没有意识到，如果不让受害人趴着，就会与自己编的故事产生矛盾。

也许他们很傲慢，觉得不会出问题。

然而，尸体还是说了出来：

“请看我的脸，这儿没有沙粒。我不是趴着的，我是在仰卧状态下被汽车轧到的！”

消失的尿液

“老师，我能请教一下吗？”

在一所护士学校的演讲会上，我做了题为“尸体会说话——由死窥生”的演讲。演讲刚刚结束，我正在把用过的幻灯片塞进包里准备回家时，听到了这个声音。我抬起头，见一位女生站在面前。

我想她大概有问题要问，便等她再次开口。

她先报上了姓名。等会儿，我在哪儿见过她！我试图从朦胧的记忆中抽出一点线索，可一下子又想不起来。

“我是以前曾经麻烦过您的律师的女儿。”

这么一说，一位律师和蔼的面容浮现在我的脑海中。

“哦，是这样啊！失礼失礼！当时是我添了麻烦啊！令尊还好吧？”

“很遗憾，他两年前因病去世了。”

“哦，是这样啊！”

我记得他年纪并不大，真是生死有命啊！

“不过，家父生前一直很高兴，说托了先生的福，打赢了那场官司。”

“别那么说，我只是凭着‘会说话的尸体’，为死者代言而已。”

我结合当天演讲的题目，半开玩笑地回答道。许是心有灵犀，律师女儿的脸上露出了柔和的笑容，像极了她的父亲。

她的父亲来我家咨询已经是十多年前的事情了。

事情起于某案件受害人的父亲打来的一通电话。他似乎从电视或是书上知道了我的姓名，便向出版社询问我的联系方式，说无论如何要向我咨询。出版社来电话问我是否可以告诉他。我想他大概有什么放不下的事情需要咨询，决定接听他的电话。

我大致听了一下案子的概况（案情于后详述），决定先确认他是否已咨询过律师。这样可以了解咨询人的认真程度，看他究竟是只想让我听听他的抱怨，还是真心想要弄清案件真相。

“是的，咨询过了。我和律师商量了，决定请先生做二次鉴定，所以给您打了这个电话。”

“哦，那您来我家一趟吧。”

“啊？！那太谢谢了。”

电话那头的男人声音很兴奋，可我的心情却不那么亢奋，反倒很沉重。男人自称是受害人的父亲，我只是答应见个面，他就欣喜若狂，满心以为有救了。可是，我究竟是否接受二次鉴定的委托，一向是仔细查阅收到的资料后才会决定。

“真是造孽啊！”听着咨询人介绍情况，有时我会感到强烈的同情。

举个例子。有一次一位女性前来咨询。

独生儿子幸运地考上了东京的大学，来到东京开始了独立生活。母亲在乡下总是担心他“生活得可好”“吃得可好”。

然而有一天，她突然接到警察的电话，说“您的儿子去世了”。

母亲急忙赶到东京，闯进眼帘的却是自己最爱的儿子面目全非的样子。

警察说明了情况，告诉她“您的儿子疑似自杀”，她不能接受。

“我的儿子才不会自杀呢！”母亲告诉警察。

由于找不到遗书，她认定这是一起伪装成上吊自杀的他杀案。

警察问她："有什么人你觉得可疑吗？"她回答说："是的，肯定是那男人！"警察认真调查取证后说服她道："不是他哦。"但她说什么都不接受，便来我这里咨询。

她大致说了一遍案情，流着泪道：

"先生，警察说是自杀，但我认为我的儿子绝对是被人杀害的。犯人杀害了我的儿子，至今仍在这世上自由自在地活着。这决不能容忍！"

想到她失去爱子的心情，我不禁心生同情。受她的心情感染，我仔细查阅了尸体表现。尸体向我这样倾诉：

"妈妈！您可能会认为我是被人杀害的，但我是自杀的。活下去太辛苦，我自绝性命了。妈妈，对不起！妈妈给了我爱，好不容易把我养大。我厌倦再活下去了……所以，妈妈，根本没有什么犯人，别再找了。忘了我吧，早日去过您自己的人生吧……"

尸体的声音不容无视。

我不是偏袒警察，他们的侦查并不马虎。尽管他们会极为罕见地因侦查失误而出错，并为此让我们法医学家进行二次鉴定，但基本上他们都会依据法律进行尸检或解剖，仔细查找隐藏在背后的事实真相，做出判断。

不能因为遗属的感情所向而推翻这一切。即使在感情上主张不会自杀而是他杀，但如果没有物证，就不可能推翻国家的决定。要想翻案，就必须同律师好好商量，搜集证据，长期作战。

“这位妈妈，我理解您作为母亲的心情，但您的儿子说，自己不是被杀的，而是自杀的。”

我这样说道，拒绝了这次二次鉴定的委托。

我不会因为能收到鉴定费，就顺着咨询人，捏造出无中生有的东西来做鉴定，说她儿子死于他杀。

来咨询的人多是失去了孩子的母亲。这也许是出于母性的本能，女性在肉体上与孩子相连。这些孩子中儿子多于女儿。

“我儿子被当作自杀处理了。但他肯定是被人杀害的，拜托您做个二次鉴定。”

如此前来委托鉴定的母亲大概占到全部的七成左右。

“× × 宝宝，起来啊！”

我当法医的时候，曾经遇到过一位母亲拼命要让遭遇交通事故被轧扁的孩子站起来的事情，使我感到椎心之痛。母亲的思子之情是那么强烈而深沉。而子女委托二次鉴定父母死亡的绝大多数都是医疗事故。也许可以说，这种情况反映出了世态真相。

言归正传。受害人是一位少年，他的父母来到我家，一同前来的还有一位律师。他就是本节开头所述，演讲会后与我打招呼的那位女子的父亲。

案件的梗概如下：

儿子是个初中生。有一次同平时关系不好的少年因为些许小事吵起架来，放学后要去学校后门一决胜负。

对方一伙儿好像有四五个人，但其中一人对他的伙伴说“在这儿等着”，就与儿子两人一起进了山林。他们一对一地打了起来，作为受害者，儿子冷不丁被踹到腹部，“唔唔……”呻吟着扑倒在地。加害的少年慌了手脚，叫来了等在附近的伙伴们。跑过来的少年们也发现受害少年情况不对，赶紧求救，叫来了救护车。受害少年被送到了医院，一个半小时后死亡。当时医院出具的验尸证明书上写的是“死因不明”。

加害少年被逮捕，开始了一场少年审判。收治受害少年的那家医院的结论是死因不明，所以尸体被送到一所大学进行司法解剖，结论如下：

“与伙伴打架时，外力作用于腹部，引起神经性休克死亡。”

审判长认为只做一次鉴定缺乏客观性，便委托另一所大学进行了二次鉴定。审理不公开，做法与通常的审理有些不同。也许在少年案件的审理中，这样做理所当然。

二次鉴定的结论是：

“因应激性心肌病而死亡。”

结论说，受害人的大动脉口非常狭窄，肾上腺皮质层也非常薄。受害人由于此种体质上的因素诱发应激性心肌病而死亡，属于因病身亡。

第一位大学教授的鉴定结论是，打架时腹部受到猛踹引起神经性休克导致死亡，即因打架而死亡。但接受委托进行鉴定的另一位大学教授，给出的鉴定结论却是：死因不是打架，而是旧病发作，属于因病死亡。

前者是外因死，后者是内因死，两次鉴定结果截然相反。

审判长仔细审阅了两个鉴定结果，最终认定后者的鉴定可信度更高。结论是，尽管受害人腹部被踹，但腹部没有皮下出血，内脏也没有损伤，所以外力不大，难以断定为神经性休克致死。

于是，法院宣判死者是“因应激性心肌病而死亡，属于因病死亡”，认为“与打架没有因果关系”，决定对那位加害的少年免于起诉。

接到判决后，孩子的父母和律师一起来到我家，向我咨询。

“明明是打架致死，判决却说我儿子是因病死亡。而且认定杀害我儿子的一方无罪，免于起诉。怎么想这都不对！”

少年的父亲在我面前力陈。

听了他的话后，我说：

“法院委托的两所大学都是日本的优秀大学。各自的法医学家都做了鉴定，法庭最终采信了后者的鉴定。我已经没有可能提出新的见解了。”

这是真心话。我想，如果鉴定仅仅出自某一所大学，也许结果会有错。但法院委托两所大学做了鉴定，已经出了结论，已经不可能再从中推导出更新的鉴定结论。

听了我的解释，少年的父母叹了口气。考虑到迄今的经过，我的说法不难理解。就在这时，那位律师开了腔，想把话题引到闲谈上。

“上野先生，您知道应激性心肌病吗？这个病名，我以前听都没听说过。”

的确，刚才听这位父亲说明时，我对后面那位大学教授给出的“应激性心肌病”这个病名很在意，因为我也没怎么听说过。

根据律师介绍，这个病主要发生在那些因公司裁员而被解雇、快被逼到自杀境地的中高龄人群中，想来与白天疯玩、吃饱喝足倒头就睡的普通孩子不会有什么缘分。听说这位死亡的少年还加入了体育俱乐部，热衷于运动，这就更加无缘了。

据后面那位大学教授的鉴定书称，应激性心肌病不会突然发病。发病数年前就会出现晚上失眠等焦虑性神经官能症，心脏也会不正常，这时打起架来一兴奋，便会引发休克。

教授是这样解释的：少年不是被踹身亡的。即便被踹，在没有发生皮下出血和脏器损伤的情况下，也不会出什么问题。用显微镜仔细观察少年的心脏，发现心肌状态不正常。不幸的是，打架时心脏的负担突然加大。鉴定书还附上了很多外国的文献，写得理论性很强，审判长因而认定这位教授的意见是正确的。

可是，按常识考虑，被公司解雇、为明天的生计而烦恼的人才会得应激性心肌病，而年纪轻轻的孩子也会得这个病吗？这个疑虑在我心头无法抹去。

“那能让我先看下材料吗？”

最先给我的是两位大学教授出具的鉴定书。基本介绍已经听过，我决定回头再慢慢阅读。

“还有别的吗？”

“先生，还有就是这个……”

说着，那位父亲从手头的包里取出来一套发生意外时少年所穿的西服。

“原来是被收押用作物证的，少年的庭审已经结案，还了回来。”

我一一确认装在塑料薄膜袋里的物品。

先是一件衬衫，再是一条裤子，泥土还沾在上面。

通常归还物证时都会洗得干干净净，但不知道为什么，这些东西好像是原样归还的。不过，这件事却最终把审判扳到对受害方有利的方向上来了。真是人生祸福谁人知！那位父亲把物品一一摊在沙发茶几上。

最后拿出来的是少年穿的白色三角裤。

“这位爸爸，这是……”

我指着附着在上面的疑似血的东西问道。

“我想大概是血吧。”

“照附着的部位看，是血尿啊。”

“血尿？”

少年的父母表情惊讶。

“你们看啊。”

我赶紧拿过施行解剖的教授出具的鉴定书。

一看，上面写着“膀胱内无尿液”！

尸体解剖后认为膀胱内没有尿液。也就是说，受害者在现场被踹失去意识后小便失禁，所以膀胱是空的。这可以从物证直接认定。

“这可是下腹部被踹喔，所以血尿流了出来。可不是什么因病死亡啊！”

几乎在我说这话的同时，少年的父母和律师叫了起来：

“对！”

第一位鉴定人，那位大学教授的鉴定结论是受害人被踹导致休克，但却没有拿出重要的被踹证据。既然没有其他可以判断死因的证据，打架被踹，又有苹果大小的轻度腹膜外出血，于是就推定为外伤性休克。如此而已。

为什么鉴定时没有把受害人的内裤当作依据呢？

尸体在大学进行解剖时，这些东西都由警察作为物证收押着，教授并未看到。可以说，这就是大学与法医院的差距所在。

在大学进行解剖时，受害人被脱光全部衣物，裸体放在解剖台上。相比之下，法医则是要到现场，检查所有什物，然后再脱去衣物，进行验尸、解剖，所以法医可以综合了解案件的经过。

法医学鉴定人本来就应该观察现场，了解打架过程，检查衣物损坏等情况，然后脱去受害人衣物，观察裸体尸体等，做认真的调查，在充分了解案件内容的基础上再进行解剖。

第二鉴定人，即做出因病死亡鉴定的另一所大学的教授，是在看了第一鉴定人的鉴定证明书后进行鉴定的，他认为有苹果大小的轻度腹膜外出血不足以引起休克死亡，内脏又没有破裂，因而主张死因并非神经性休克，而是应激性心肌病。

“清楚了，这事我接下了。”

我答复了三位来访者。他们一定感到像是抓到了救命稻草，脸上露出了放心的微笑。

“请您关照！”

我更加仔细地研究尸检表现，出具了一份这样的鉴定书：

“第二次鉴定认为，如果是外力作用于腹部引起神经性休克导致死亡，相应部位的皮肤以及皮下组织就应该有出血现象，或者内脏会产生挫裂伤等重大损伤。但以上情况均不存在，因此认定，致死原因并非神经性休克。

“然而事实未必如此。

“我认为，充分存在‘不留下外伤痕迹而发生神经性休克’的可能性。”

何以见得呢？

因为被踹的地方是腹部。

“腹部没有保护内脏的骨骼，只受皮肤和肌肉等组织的保护，所以具有柔软性。腹腔中有胃和小肠、大肠等富有弹性的脏器，有极大的吸收外力的能力。

“因此，不能因未见痕迹就否定与死因相关的外力作用的存在。这在腹部外伤等意外事故的解剖案例中屡见不鲜。在拳击比赛中，强壮的拳击手腹部受到击打时也会在没有明显外伤的情况下被击倒在地。这也是佐证这种情况的一个例子。”

我先举了这样的例子。

然后我才谈及前面提到的“存在血尿”一事。

“受害人白色裤衩右后部可见拳头大小的红褐色污染。这不是血液，而是血液被某种液体稀释后附着其上的痕迹。这是如何形成的呢？根据尸体表现，这一部位附近既无外伤痕迹，也无粪便污染，因而认定其为膀胱黏膜出血产生的血尿为妥。”

那么，血尿究竟是如何形成的呢？

我是这样鉴定的：

“兹做如下判断：从膀胱中未见尿液可知，右下腹部苹果大小的腹膜外出血所反映的外力使膀胱发生黏膜出血，与贮存在膀胱内的尿液混合形成血尿，引发神经性休克，进而造成脑功能麻痹并使膀胱括约肌松弛，发生血尿失禁现象。”

第一鉴定人和第二鉴定人似乎都因为前面所述原因并不知晓血尿的存在。

所以出现了矛盾的鉴定结论。

关于受害人的死因，我做出了以下结论。

“本案系打架高潮时的突然死亡，腹部所受外力作用不容轻视。这个外力之强，足以达及内脏（膀胱）而产生血尿。即使身体存在应激性心肌病这种不利条件，也可以考虑死因是腹部所受外力作用引起的神经性休克死亡。”

“上野先生，我没见过父亲有比那时更加高兴的时候。回到家里，他反反复复地说‘啊！太好啦！太好啦！’”

律师的女儿非常怀念地说道。

“是吧，承蒙他这么说，我也很高兴。”

我把最后一张幻灯片装进了包里，负责演讲会的人很快走过来打招呼。

“先生，今天让您受累了！”

“哦哦，谢谢啊！”

在我和他们说话的时候，律师的女儿一直在边上望着。

根据我的鉴定，民事诉讼胜诉了。

她的父亲和受害人父母一起举着我的鉴定书会见了记者。

与数月前在我家里不安地让我查看物证切切陈词时相比，他们三位的笑颜和那时简直判若两人。

真的很好。虽然儿子永远回不来了，但最初“儿子不占理”的舆论被彻底颠覆，真相大白于天下了。

忽然，我的视线碰上了台上律师的视线。

“啊，先生！您也来啦！多谢多谢！”律师的目光告诉我：“托了您的福我们才得以胜诉！”

我也用目光回答他道：

“太好啦！靠的不是我，而是律师您的热忱啊！是您的热忱澄清了事实啊！”

周围闪着炫目的闪光灯。

“先生，那我这就失礼啦！”

我正在和演讲会的职员说着话，律师的女儿轻声和我打招呼。

“啊啊，谢谢！多多保重！”

姑娘的背影在我们的聊天中渐渐远去。

这次是为护士举行的演讲会。

听说她为找工作，立志要拿到护士资格。

希望她努力成为优秀的护士。

我觉得，说不定她是在看到父亲帮助别人后那副喜悦的样子，才对法医学有了兴趣，决心成为一名护士的。

我不知道这是不是事实，但至少亡父为他人鞠躬尽瘁的身影将永远留在她的心中。

法学家的谎言

我作为证人站在了法庭上。

“是因病死亡，没错吧？”

律师叮问。

我很有自信地回答：

“是的。正如鉴定意见书里详细写过的那样，是因病死亡。”

律师深深地点头，把视线投向审判长：

“审判长，我对证人上野正彦先生的询问到此结束。”

我朝着审判长深深地鞠了一躬，再次回到旁听席。

回答得恰到好处，无须增减，我心里感到一阵安慰。

作为证人站在法庭上的时候，我总是苦于如何才能简单易懂地回答，让非专业人士能够听懂并接受我的意见。

法官是法律专家，在逻辑思维方面非常优秀。但就医学知识而言，他们当然要比普通人了解得多，但并非专家。我总有一种强烈的意识，不能说些不明不白的话引起他们的误解。

"好。现在询问原告方证人。请证人上前。"

听到审判长的话音，同样坐在旁听席上的法医学家、一位大学教授走上前去。同我刚才所做的一样，他宣誓不作假证。

然后，原告方律师站到他的面前，开始提问。

他是原告方的证人，当然与我这个被告方证人的主张完全不同。

我坐在旁听席上听着他们的对话。有几个问题是他们在听了我的鉴定结果后提出的。

"被告方证人上野先生是这样说的，这点您如何考虑？"

原告方律师与大学教授如此一问一答，询问继续着。

进行了十分钟左右时，我震惊地抬起脸，把锐利的目光投向证人席。

"不对！你在说什么？"

太过分了，我差点儿忍不住叫出声来。

那是不符合医生常识的谎言，是胡说八道！

他是因为自始至终都在为自己辩护，才这样错误地回答的吗？

这个回答过于粗陋，我却不能立即当场纠正他的发言，说“不是那样的”。因为我在法庭上发言的时间已经结束。

发生争执的是一起交通事故案。

一名男子以四十公里左右的时速驾驶着一辆普通轿车，撞到别人家房子的墙上。

气囊打开，男子捡回一命，当即被送进医院急救。

但他一直处于昏迷状态，生死未卜。

尽管医生拼命施救，男子还是在两小时后死亡了。

男子作为非正常死亡处理，法医进行了验尸和解剖，认定的死因如下：

直接死因是“心脏破裂”。

导致“心脏破裂”的原因是“胸部受到撞击”。

引起“心脏破裂”的原因是“主动脉夹层[①]”。

情况简单说是这样的：

“男子在驾车过程中发生主动脉夹层，昏迷后撞墙，撞击到胸部，引起心脏破裂而死亡，属于意外死亡。”

作为鉴定人的大学教授补充道：

“撞墙的诱因是主动脉夹层，但这毕竟只是诱因。这

① 主动脉夹层指主动脉腔内血液从主动脉内膜撕裂处进入主动脉中膜，使中膜分离，沿主动脉长轴方向扩展形成主动脉壁的真假两腔分离状态。

不是致死的疾病，不如说是因为事故，胸部遭到了猛烈撞击，造成了心脏破裂，这才是死因。认定为交通事故死亡应该不错。”

主动脉就是从心脏发出的大血管，血管壁是三层结构。血管壁内膜剥离产生主动脉夹层。剥离的血管壁被撕裂，血液从撕裂处进入中膜，虽然血管不会破裂，但人的后背会像插了通红的火筷一样剧烈疼痛，导致昏迷。

本案中的男子就是在驾驶过程中发了这个病。

事件的整个过程是：男子失去意识，所驾车辆撞墙，男子被送进医院，抢救后没有好转，两小时后死亡。

“能请您判断一下吗？究竟是疾病在先引发了事故，还是事故引起了损伤？是因病失去意识造成事故，还是事故形成的外力导致心脏破裂？”

一天，保险公司委托我进行二次鉴定。

研读了大学教授解剖后的尸体表现，我做了二次鉴定。

首先，最大的争议在于死因，即为什么会发生心脏破裂（右心房破裂）的情况。

实施解剖的大学教授主张，发生交通事故时死者胸部受到撞击，引发了心脏破裂。这明显不对。

因为外伤性心脏破裂人会当场死亡。

不可能送到医院后还能存活两小时之久。

如果是心脏破裂当场死亡，出血量最多500毫升。可是死亡男子被送到医院后，在处置过程中左胸腔内排出了2升血液，在之后的解剖过程中左胸腔内又排出1升的血性液体。这是交通事故发生后心跳继续从而导致血液流到血管外的最好证据。仅凭此点便可以知道，男子没有当场死亡。人如果死亡，心脏停止了跳动，就不可能有如此大量的出血。

话说回来，那男子是以四十公里时速驾车，行驶过程中主动脉夹层病发，失去意识后撞上护墙，胸部才受到撞击的。但是，气囊是正常打开的。这种程度的外力会像鉴定人所主张的那样，造成右心房破裂吗？

为什么会产生心脏破裂呢？

男子因为患有心脏病，装有心脏起搏器。可以想象，死亡后摘除心脏起搏器也可能会造成损伤。但也有意见认为，剥离与内膜粘连的导线不会引起心脏破裂。关于这一点，我们有必要重新研究心脏破裂到什么程度。

还有一种可能性源于心脏按摩。本案的情况是，为了抢救，需要对男子实施胸外心脏按摩。这就需要施救者叠起双手掌面，置于被救者前胸部中央略下方处用力下压，反复按摩。这有可能导致肋骨骨折或心脏破裂。

但这毕竟是为了救命的紧急措施。一般而言，即使患者真的因心脏按摩而死亡也属情非得已。

这意味着，如果男子死亡的原因为心脏破裂，就要研究是由交通事故造成的，还是死后摘除心脏起搏器导致的，抑或是由心脏按摩引起的。

阅读住院病历可以确认，男子做了 CT 检查，存在主动脉夹层，但未见主动脉破裂，也未见心脏破裂。

于是我结合心脏破裂的程度，包括时间因素，综合考察了病历及尸体表现。我认定，为抢救生命施行胸外心脏按摩引起心脏破裂的可能性最大。首先，男子发生主动脉夹层并导致昏迷，引发事故。送到医院后进行了不到两个小时的治疗，这期间病情恶化，便进行了心脏按摩。然而，男子不治身亡，为了防止遗体在火葬场火化时发生爆炸事故，主治医生摘除了他的心脏起搏器。

总之，事故发生后，男子不可能在心脏破裂的情况下存活近两个小时，因而可以考虑心脏破裂是在事故之后的过程中发生的。

我出具并提交了一份这样的鉴定书。

围绕心脏破裂的时间问题形成了争论。

法庭要求我作为被告方证人、大学教授作为原告方证人出庭。

作为原告方证人出庭的大学教授，在作证时做了非常荒谬的错误发言。而我却不能对此说“你错了”，因为我作证的时间已经结束。这在本节开头写到过。

大学教授的发言到底说了些什么呢？

在涉及这个话题之前，我想回顾一下先对我进行的证人询问。

像往常一样，宣读过大意是“作证时不作伪证”的誓词后开始了证人询问。

首先律师就我的工作进行了询问。

法医是什么？做过多少例验尸和解剖？法医学家与法医的工作内容有何不同？

我像往常一样，说明了我在东京都法医院做过 15000 具验尸和 5000 具解剖；法医的工作主要是亲临现场，综合地进行验尸和解剖，做出鉴定结论，等等。

如此询问了一遍以后，律师慢条斯理地切入了主题。

“先从结论问起吧。”

“好的。”

“在本案诉讼中，直接死因究竟是‘心脏破裂’还是‘主动脉夹层’，成为争论的焦点。证人认为直接死因是什么？”

“我认为是主动脉夹层引起左胸腔内出血导致死亡的，是因病死亡。”

提问内容因律师而异。可以说这是律师所采取的战术不同所致，我接受过几次证人询问，知道这些情况。

有的问题看上去似乎与案子没有直接关系，可是很快成为触及案件核心而留下的伏线；有的问题一开始先问结论如何，明确与对方对立的主线，再分门别类各个击破。这既是律师之间的不同，也是案件本身特性的不同。本案似乎是后者。

“‘死亡原因栏’下方有一栏，写着‘解剖主要所见’，里面填写的内容是：‘主动脉夹层。主动脉瓣上方1.4厘米处可见一水平方向长度为2.7厘米的内膜裂孔。该部位血管中膜①剥离，穿孔部位在从左冠状动脉起始部位左前降支②附近开始到升主动脉外膜下部。’这显示当事人本人在这个地方有主动脉夹层，对吗？”

“是的，是这样的。”

关于疾病，对话有点专业，持续了一会儿之后，律

① 血管壁从管腔面向外一般依次内膜、中膜和外膜。

② 冠状动脉的前室间支，又叫前降支，似为左冠状动脉的直接延续，沿前室间沟下行，其始段位于肺动脉始部的左后方，被肺动脉始部掩盖，其末梢多数绕过心尖切迹止于后室间沟下三分之一，部分止于中三分之一或心尖切迹，可与后室间支末梢吻合。

师接着问道：

“原告主张‘直接死因为心脏破裂（右心房破裂），心脏破裂是因为交通事故对胸部的撞击所致。’对于胸部撞击引发心脏破裂的观点，您如何考虑？”

这位律师在这里也是从结论问起的。

“即便交通事故造成了胸部撞击，也不能认为心脏破裂是由此而引起的。”

律师让我明确否定了这一点，这就明确了原告方与被告方的对立点，然后进行各个击破。

“那么我想问问你的理由。解剖所见中写着‘胸部 CT 片上可见主动脉夹层，未见较大外伤，影像上也未见其他脏器损伤。’假如拍摄 CT 时就已经发生了心脏破裂，那么还会形成这样的记录吗？”

“不，不会的。如果存在心脏破裂，CT 扫描也应该能够看到。病历上记录着未见多脏器损伤，可知住院时尚不存在心脏破裂的情况。”

“那么，事故发生时气囊正常打开又说明了什么呢？”

“一般认为，由于气囊打开，外力可在相当大的范围内得到吸收和缓释。从这点考虑，发生心脏破裂也是不可想象的。”

到了这个时候，律师的问题像连珠炮般地射了过来。

“原告方以主动脉夹层发作为前提主张外部压力导致‘右心房’破裂。对此您如何认为？”

“一般认为，如果事故发生时发作主动脉夹层，那么主动脉夹层（撕裂）部位的血管就会破裂，压力会从这里得到释放，心脏破裂即可避免。”

“当事人是在事故发生两小时后才确认死亡的。假如像原告主张的那样是胸部撞击引发了心脏破裂，那么到死亡为止需要多长时间？”

“当场死亡。”

读了这些您注意到了吗？

原告主张“交通事故造成胸部撞击引发心脏破裂导致死亡”，律师则把目标集中在“这是多么错误的结论”这一点上，不断改变角度连续提问。

我作证完毕之后，那位大学教授作为原告方证人站到了证人席上。

法庭里的心证[①]也明显朝着大学教授错误的鉴定方向偏转。恐怕大学教授在旁听席上听到我站在证人席上作证的内容，也感到被逼得相当窘迫。我觉得不然他不会做出那么愚蠢的回答。

① 心证为法律用语，指法官通过对证据的审查判断所形成的内心确信。

“假如撞墙时右心房破裂，有多少血液会因此而流出？”

“最多四百到五百毫升。如果撞墙时右心房破裂，就像我刚才说的那样，人就会当场死亡，心跳就会停止，循环到全身的血液也就不会再回到心脏。

“据报告记载，急救人员到达现场时当事人处于仰卧状态。那么，即使在原来就在心脏内部的二百到三百毫升血液的基础上再加上心脏上方大血管内回流的血液，因心脏破裂而流出的全部血量，也只有我一开始所说的四百到五百毫升。”

“根据尸体表现，本案有高达三千毫升的血液流到了胸腔内。关于撞墙与右心房破裂的先后关系，我们能够从中了解到什么呢？”

“正如我刚才所说，心脏破裂导致心跳停止以后，总量高达三千毫升的血液不可能流到心脏和大血管中。所以，撞墙时右心房并没有破裂，之后心脏也在持续跳动，这才使大量血液流进了左胸腔内。可以认为，这样的认识最合理。”

律师对我的发问仍在继续。

“与之形成对照的是，解剖表现的记录中称，当事人左右肋骨从第四肋到第七肋有连续骨折的情况。您认为这种胸部的连续骨折是什么原因导致的呢？”

“左右肋骨的连续骨折是胸外心脏按摩引起的特征性现象，尤其多见于高龄人群。从年龄上也能够认定当事人的肋骨骨折是因心脏按摩引起的。”

“那么，您不认为交通事故造成肋骨连续骨折后，断骨戳进心脏，导致了心包膜破裂，又是出于什么理由呢？”

“事故发生后当事人被送进医院，拍了X光片，但未见骨折记录。所以可以认为，在事故发生后，当事人被送往医院的时候，至少还没有发生可以戳到心脏的肋骨骨折。”

询问证人的过程还在继续，但我想，列举上面这些，大家对法庭上的情况应该有大致的印象了。

为给大家提供一个参考，我在鉴定意见书中写了如下的“总结”：

“当事人在驾车过程中，因疾病发作引起主动脉起始部位的内膜夹层，在医院的处置过程中，升主动脉外膜破裂，引起左胸腔内出血，造成死亡。

“交通事故导致的胸部撞击被气囊吸收而得到释放，很难想象会引起重大的心脏破裂和心包破裂的情况。

“因此可以认定，当事人因主动脉夹层引起左胸腔内出血导致因病死亡的可能性很大。”

“现在请原告方证人到证人席。”

对我的询问结束后，审判长说道。

按照审判长的指示，进行第一次鉴定的大学教授作为原告方证人站在了证人席上。

他和我刚才一样，宣读了不作伪证的誓词。在同审判长稍稍进行了一些事务性对话之后，原告方律师走到了大学教授面前。

就本人履历做了一番问答之后，对话进入正题。

一番对话之后，冒出一段证词，让我愤怒，认为这是“胡说八道”。

律师提出了这样一个问题，引出了下段证词。

“现在请问证人，刚才上野证人作证说，发生心脏破裂时人会当场死亡。对于这一点您是如何考虑的？”

“好的。说是心脏破裂其实是右心房，那里是负压，是血液回流到心脏的地方。因为不是血液流出的地方，即使心脏破裂，存活两个小时也不足为奇。”

听到他的证词我震惊得目瞪口呆。这是一位医生、一位大学教授说的话吗？然而，这确实是大学教授在法庭上说的话，一般人不会觉得不可思议，而是会接受他的解释。

机会难得，我在这里想先简单介绍一下心脏。

心脏由右心房、右心室、左心房、左心室这四个房间构成。房间之间有墙壁，大家可以把心脏想象成一套四室公寓。

心脏收缩时，左心室会被突然收紧，血液受到这个压力便从左心室流遍全身。这个血液称为动脉血，给全身每个细胞提供氧和营养。细胞得到氧和营养后进行工作。细胞工作之后会产生垃圾，静脉血就来收集这些垃圾。心脏舒张时，静脉血就会回到右心房，然后直接被送到右心室。

流遍全身的动脉血从左心室流出靠的是心脏的收缩，需要相当大的力量。而工作完毕回流到右心房的静脉血则是靠心脏舒张返回的，不需要很大的力量。

被送到右心室的静脉血又被送进肺里，吐掉二氧化碳，吸附氧气，回到心脏。肺在干什么呢？肺通过呼吸吐出二氧化碳，吸进氧气，把静脉血重新制成动脉血。新的动脉血进入左心房，经过左心室再次被送往全身。这就是血液循环的整个流程。

“右心房只是血液收集垃圾返回心脏的负压部位，即使破裂，存活两个小时也不奇怪。”

大学教授是这样抗辩的。他究竟是想说右心房只是血液回到心脏的地方，自身不会积极做工作，还是迫不得已的诡辩？

心脏有右心房、右心室、左心房、左心室四个房间，但不是各自为政孤立工作的。四个房间合在一起才叫作心脏，每个房间都是在相互作用之下工作的。

动脉血从左心室流往全身，这些血液变为静脉血后回到右心室。这才是心脏。

可是在本案中，右心房破裂了，没有血液回流了，因而也就没有血液会从左心室流出了。没有血液循环，人必然死亡。

我们用棒球打比方。假设右心房、右心室是捕手，那么捕手的作用就是接住血液这个球。发挥使血液流向全身作用的左心房和左心室就是投手。

打棒球时，如果主张投球的是投手，而捕手只管接球，没有捕手也不会有问题，那将会是怎样的情况呢？如果没有接球的捕手把球抛还给投手，那就不称其为棒球了。

大学教授的主张就好似这样：

“捕手只是接球的，比赛中捕手缺席一会儿也没有问题。”

但凡对医学有个一知半解的人都会知道，这是个非常荒谬的错误。

如果他是迫不得已这样说的，那么他的发言甚至会让人怀疑他的医学常识。这可是询问证人时的证词，就等于作了伪证。

“由于有负压，心脏破裂后存活两小时也不足为奇。”

大学教授如此作证，事实却并非如此。如果心脏破裂了，什么负压正压统统造不出来。

如果我是律师，我肯定会当场举手叫“审判长”，并尝试解释他的证词在医学上是多么的荒谬。然而我毕竟只是个证人。证人只能回答法官或律师的提问，不能打断说“不对，且慢”，然后做自己的发言。传唤证人的过程就这样结束了。

无奈，我只能羞愧地坐在旁听席上默默地听着那人的抗辩，别无他法。

“他的证词是胡说八道！”

审判结束后，我跑到律师跟前说道，恳切地解释了大学教授的证词是如何地荒谬。

第二章

针锋相对

迟来的二次鉴定

此刻，我正望着一张照片出神。

一个黑色物体漂浮在一条大河的取水口附近，混杂在腌臜的小树枝、泡沫塑料等垃圾中间。仔细看去，好像是一具俯卧的人体。

那人体头上沾满了河里的垃圾，看不清头发，肩上也沾满了水藻一样的东西。它大概在河里漂流了很久，最后被挡在了这里。

没有观察经验的人一定不会把它当作尸体，而会误认为是一个人体模型。我这样寻思着，开始浏览下一张照片。

尸体仰卧，身体赤裸。

尸体全身膨胀，充满腐败气体，呈巨人观[①]。

我看了一下大学教授出具的鉴定书的日期，尸体解

① 人死亡后，体内的腐败细菌繁殖，产生大量腐败气体，致使尸体颜面肿大，眼球突出，嘴唇变大外翻，胸腹隆起，四肢增粗，皮下组织和肌肉呈气肿状，有时手足皮肤呈手套及袜状脱落，整个尸体肿胀膨大成巨人状，难以辨认其生前容貌。这种现象称为巨人观。

剖是在5年前进行的。

由于这是司法解剖，鉴定书中详细记录着解剖结果。

记录首先叙述了按头、面部、颈、腹、背、右腿、左腿的顺序从外表观察到的尸体情况。

“背部：普遍呈污色调严重的暗绿色或淡绿色。尸体呈高度腐败状，皮肤呈气肿状膨胀，表皮基本脱落。”

记录接着叙述了脏器情况，分别记录了脑、肺、心脏、肝脏、肾脏、胃、小肠、大肠、主动脉等部位的情况。

“肺：重量：左肺410克，右肺380克。表面：暗红色，肺侧胸膜可见少量小于拇指面积大小的斑状出血。切面：血量略多。水肿：轻度。含气量：少许。几乎未见细小泡沫。病变：无。”

这不是经我解剖后出具的鉴定书。不过，尸体鉴定都是这样，先检查尸体表面所见，再逐一检查内部所见。

在这个过程中，可能会从胃里检出有毒物质，或发现脑内有出血，这样就可以了解死者是因何致死的。

那么，解剖了这具在河里发现的身份不明的男性浮尸后，了解到了哪些情况呢？鉴定书首先申明本案尸体腐败严重，无法耐受详细的病理学检验，然后对死因做了以下叙述：

"尸体未见伴有骨折、重度脏器损伤的外伤。未见脑出血、心肌梗死、主动脉瘤破裂以及肺结核、肝硬化、恶性肿瘤等病变。"

这就是说，死者不存在他杀或病死的可能性。

鉴定书接着说："这是一具浮尸，溺死的可能性当然可以考虑，从尸体情况中找不到可以排除溺死的依据。"

然而，给出以上认定后，鉴定书接下去却又这样写道：

"由于尸体死后变化严重并高度腐败，使得对尸检所见的认定存在困难，难于认定为溺死。至少未发现严重外伤和致死病变，因而既不能否定也不能肯定包括溺死在内的其他死因。"

鉴定书通篇的判断均模糊暧昧。

话说白了就是这样：

"尸体无明显外伤，因而不是他杀，也不是因脑梗死、心肌梗死等疾病而死亡。由于是浮尸，一般会认为是溺死，但要认定为溺死又非常困难。而且，死者死亡已有很长时间，尸体腐败严重，不能轻易认定为溺死。"

委托做尸体鉴定大多是在尸体被发现后不久。一旦轻易地给出明确认定，万一与日后查清的事实不符，鉴定人的口碑便会大打折扣。为避免这种情况，很多鉴定书采用极为含糊的说法，让人不知所云。然而，鉴定人是靠着自己的学识和经验受人委托的，既然接受了委托，就应该凭着自己的信念，给出明确的结论。

这份鉴定书的说法就像上了保险，不会落下话柄，以免将来被人说“你可是这么说了的啊”。也许鉴定人曾经口头答复过“考虑为溺死当无问题”。警察接到鉴定结论，便以“溺死”结了案。

后来，死者身份被查明，家中发现了疑似遗书的东西，综合这些因素后，死因又被定为投河自杀。

“先生，有一起5年前被当作投河自杀处理的案子，想拜托您再做一次鉴定。”

警方打来电话，我便与刑警见了面。

“请坐，请坐。”

“打扰您了。”

刑警一脸诚惶诚恐地在沙发上坐下，委托我进行二次鉴定。

“这案子不是已经在大学的法医学教室做过司法解剖，按自杀结案了吗？”

“是的，倒是有这么回事，但这案子毕竟在社会上引起了轩然大波，我们也得慎之又慎啊。今天登门拜访，想请先生助一臂之力。”

面对开始解释的刑警，我不由叫出了声：

“啊，原来是那起案子啊！”

“正是！”

“没想到，没想到啊！”

承办全国瞩目的案件也许很带劲儿，但压力也会更大。眼前这位刑警表情紧张地望着我，脸上现出苦恼的神色。

“明白了。我先做做鉴定看，鉴定完再跟您联系。”

“先生，多多拜托啦。”

刑警又郑重地深鞠一躬，告辞回去。

这毕竟是法医学专家认真解剖后做出认定的案子，重新认定的工作谈何容易。家里只剩下了我一个人，好一阵子心情依旧凝重。

“好啦。”

我从那张浮尸被挡在河中取水口的照片上抬起了眼睛。

“这至少不是第一次鉴定所说的那种溺死啊。”

我嘟囔了一句，呷了口茶。

看一下摊在我书桌上的尸体照片和第一次的鉴定书就会很清楚，这具浮尸并非溺死的尸体。

何以见得呢？

在讲述原因之前，我想谈谈溺死是怎么发生的。

所谓溺死，指的是因将液体吸入呼吸道引发窒息所导致的死亡。

人在水中呛水后，水会进入消化器官，但很快会大量地进入肺部。肺里原来有空气，水进来后会把空气挤出，灌满肺部。

在通常情况下，有空气的肺在水中可以起到救生圈的作用，所以落水后身体会忽忽悠悠地浮起来。可一旦救生圈的作用消失了，身体就会沉入水中。

因此，溺死尸体的肺与非溺死的情况会有明显不同。前述那所大学所做鉴定的结论是：

“肺：重量：左肺 410 克，右肺 380 克。表面：暗红色，肺侧胸膜可见少量小于拇指面积大小的斑状出血。切面：血量略多。水肿：轻度。含气量：少许。几乎未见细小泡沫。病变：无。”

这究竟意味着什么呢？

一般正常成年男性肺的重量为左肺 500 克左右，右肺 600 克左右。但是溺死尸体由于肺部进入了大量的水，会呈溺死肺（水性肺水肿）的状态，像是吸足了水的海绵。

因此，溺死肺的重量会变得更重，可达 800 克到

1200克之间。

本案尸体由于腐败严重，肺里的血液和水分泄漏到胸腔内形成胸腔积液，肺的重量可能会较平常略轻。然而，根据记录，左右肺泄漏出的胸腔积液分别不过150克左右。

即使加上尸体肺部的自身重量，左肺也才只有560克，右肺只有530克，几乎与正常成年人肺部的重量相当。

这很难说是吸入了大量水的肺。

鉴定书还记有“轻度水肿，含气量少许”的内容。

这种情况也不能认定为溺死。

溺死尸体还有另外一个特征，即锥体内出血。我翻阅了鉴定书，里面对此没有记述。

什么是锥体内出血呢?

在水中做呼吸运动时，水会被吸到鼻与耳之间的咽鼓管中形成水栓。咽鼓管是鼻腔深处连接鼓膜内侧的细管，维持鼓膜处于正常状态。

形象一点可以这样解释。人体有耳郭、耳道，耳道深处有鼓膜和咽鼓管。鼓膜是位于外耳与内耳分界处的薄膜，如果鼓膜不破，水就不会进入内耳。

乘坐电梯急速上升以及乘飞机爬高时，耳朵会出现异常。这时咽咽口水，耳朵的异常就会消失。人人都会有这样的经验。这是从咽鼓管吸进来的空气把向里凹陷的鼓膜又向外推了出去的缘故，俗称“鼓气”。

潜水时也一样，鼓膜会因水压向内凹陷。于是耳朵会疼，不能继续下潜。这时可以做鼓气的动作，闭住鼻和口，“唔唔”地将空气送入咽鼓管，把凹进来的鼓膜顶回去。

空气进入咽鼓管后，鼓膜便会恢复正常，于是又能继续下潜两三米。如果鼓膜再度凹陷，便可边做鼓气动作，边向更深处下潜。

溺水时水会从鼻子进入通常不会进水的咽鼓管。咽鼓管很细，水会在里面形成水栓。

接着再做呼吸运动，水栓就会进行活塞运动，向耳朵深处交替施加负压和正压。负压太强大时，包围中耳和内耳的骨头内膜就会发生剥离，引起出血。

这就是锥体内出血。锥体内出血的现象非常罕见，只有身体沉在水中进行呼吸运动的时候才会发生。

人在浅滩吸了水感到痛苦，站起来就好。擅长游泳的成年人在浅滩发生意外死亡时，如果医生出具诊断书说是“溺死”，人们便会质疑，说死者可是个游泳高手啊，继而会诘问医生：“就是个浅滩，觉得难受站起来不就得啦？”

所以，医生会下个心脏麻痹的诊断，人们就能接受了。

我觉得这种情况可疑，曾在解剖时进行过详细的检查。

于是，我发现了耳骨出血的现象。我把这种现象作为锥体内出血，在学会上发表了报告。现在，这个发现已被写进法医学教科书，成为认定溺死的重要依据。

因而，在普通解剖中想要确认是否溺死，都会观察锥体内有无出血的情况。但不是所有溺死都能观察到锥体内出血现象。溺死者有六成发生这种现象，另外四成则不发生。

不管怎么说，这具尸体没有相关情况的记录。

最后是尸体状况。

后续侦查查明了死者身份，弄清了这具浮尸是从上游28公里处漂流而来的。

假设死者是在上游淹死的会是怎样的情况呢？

如前所述，如果是溺死，肺部会充满溺液[1]，失去救

① 即为淹死人的液体，可为水、油等。

生圈的作用，人会沉入水中。那么，漂流的前 10 公里左右，溺死尸体会擦着水底流过。

这时，沉入水底的尸体姿势，跟短跑比赛中田径选手在起跑线上准备起跑时相似。以这样的姿势在水底流过，脑门、手背、膝盖以及脚尖会接触到水底的岩石和石块等物体。

尸体擦过水底，皮肤、肌肉等会出现缺损，露出骨头，形成死后损伤。此外，由于尸体会在河水中翻滚，衣服会被剥去。尸体被发现时大多连内衣都被剥去，呈赤裸状。

尸体变成这种状态后开始腐败，因腐败气体而浮出水面，成为浮尸后被挡在格栅边，被发现时往往已经膨胀，像个土左卫门[①]。

这与溺水后漂流了长达 28 公里的溺死尸体的状况明显不相吻合。

本案尸体被发现时身着西服，也未见擦过水底的死后损伤。

这与投河自杀淹死的尸体大相径庭。

---

① 日本江户时代的相扑力士，全名为成濑川土左卫门。他身体肥胖，皮肤惨白，时人以他来比喻溺水身亡后身体肿胀的浮尸，“土左卫门”遂成浮尸的代名词，沿用至今。

不如说，这样才跟尸体表现更为吻合：

死者系他杀后被抛尸河中。

肺里有空气，尸体不下沉，一开始便是漂浮在水面，顺流而下的。

这具尸体既没有撞到过岩石、接触过石块、身体翻滚、衣裳脱落，也未见在水底碰擦形成的死后损伤，不像是在水底流过来的。

基于以上情况，我认定“本案为他杀后抛尸河中”。我感到魄力大涨，觉得：“一定是这样的！不会有错！”我逼近了在社会上引起轩然大波的重大案件的真相。

另一方面，我也不是没有担心。

如果自己鉴定错误，会给警察等很多人惹来麻烦，反倒使社会更加哗然。

无论如何，我要揭露真相。凭着这份执念，我从各种角度反复研究有无差错，最后才提出鉴定结论。

“每位记者要付 3000 日元！”

在电视摄像机前，一个男子正在回答记者的采访，一副厚颜无耻的样子。

“下周三四，你们就会知道我是清白的！”

男子接受采访的镜头一连数日在电视上播出。

记者招待会要收费，这可真是前所未闻。全日本上下都在紧张地关注着事态的发展。

“是那个案子吗？”

“没错，正是。”

我想起刑警当时大口叹气的表情。

男子在采访中反复说了很多蓄意挑战警察的话，警察肯定也是一边承受着巨大压力，一边全力以赴进行侦查的。

听说这个男子是主犯嫌疑人，半年前被捕的。

根据三个女性同案犯的交代，这具男性浮尸也被怀疑与他的案子有关。

这起浮尸案当时已经以投河自杀结案了。警方逼问是否他杀，嫌疑人却未招供。警方觉得此案实在可疑，便来请我鉴定那人是否为溺死。

结果，我出具了不是溺死的鉴定书。

鉴定书里还附上了不是自杀的推理。

根据我的鉴定，刑警再次严审三个女同案犯，逼其坦白。

不到一个月，女同案犯之一做了新的供述。

这个女同案犯是主犯男子的左膀右臂，她交代说给后来成为浮尸的男子吃了掺了乌头[1]的包子。

警方得知，受害人嗜酒成性，曾经为男性嫌疑人打下手。他一连几天被灌酒，然后又被灌了大量感冒药，谎称是营养剂。

感冒药虽然搞垮了受害人的身体，但他却毫无死亡的迹象。嫌疑男子连续半年多为受害人支付了保险费，付款已越来越吃力，最后索性指示三个女同案犯，“今天干掉他！”女人们便把乌头掺到包子里让受害人吃下。嫌疑人男子只发了指令，人不在现场。

女人们如果做了嫌疑人男子中意的事就会得到宠爱。反之，如果违抗了他的命令就会被训斥，遭到冷落。

这个男子软硬兼施，控制了三个女人。

吃下包子后大约过了 30 分钟，受害人开始抽搐，女人们相互配合，一个用被子捂住受害人的脸，一个骑在他的胸上摁住他的手，最后一个人摁住他的腿。

那女人交代说，受害人不一会儿停止了痉挛，泄了劲儿，三个人便合力将男子扔进了利根川河。据说后来对留下来当遗书的那封信做了笔迹鉴定，证明为该女子所写。

---

① 草药，可用于局部的麻醉止疼，用量过大会导致中毒。

出具非溺死鉴定后不到一个月，刑警再次来到我家。

“先生，上次的鉴定真是帮了大忙！”

“哦哦，别客气。”

“托了您的福，案子全貌真相大白啦。”

“是吗，那太好了！您今天是……”

“还是那案子……”

我开始听他说话。

“那个女人确实交代说让受害人吃下了乌头。但她的交代中好像还有含糊的地方……我们对残留的脏器做了二次鉴定，完成了毒物检验。我们想请您根据这些资料再做一次鉴定，看看这个成了浮尸的男子的死因究竟是毒物，还是因口鼻受到被子压迫而导致的窒息死亡。”

“你们刑警也是大费周折啦！”

我一边表示慰问一边让茶。刑警面露微笑，道了声谢，啜了口茶。他的脸上透着办大案刑警的辛劳。

“明白了，请给我一段时间。”

我这么一说，刑警心里的一块石头落了地，告辞回去了。

受害人的死因是什么呢？

我要对刑警提出的新问题进行鉴定。

刑警提供了以下新资料：

“受害人摄取了含有致死量乌头碱的乌头根块。摄取乌头十几分钟后主诉[①]胸痛、恶心、呕吐，随即瘫倒。接着开始抽搐，产生痉挛。于是女人们用被子蒙住他，从上方将他摁住。”

据交代，受害人身体有抽筋痉挛（强直性痉挛[②]）现象，难于持续摁住，但未久便不再动弹。当时，死者面部淤血、浮肿，嘴唇青紫肿胀，有涎水流出。

基于这些事实，我做了透彻的思考。

“死者摄取了致死量的乌头，胃部出现剧烈灼痛，痛苦、打滚，进而发生强直性痉挛。在此状态下，即使用被子蒙住受害人，使其维持一定的姿势，或是捂住口鼻使其不能长时间呼吸，也会因为他的挣扎和剧烈痉挛而被甩开。可以认为，使受害人持续窒息在现实上是不可能的。应考虑死者摄取致死量乌头后导致了心脏骤停。”

我做出了这样的答复，法院好像也作为判决的认定

① 主诉，医学和心理学用语。是病人（来访者）自述自己的症状或（和）体征、性质，以及持续时间等内容。

② 强直性痉挛多自头部肌肉开始痉挛，两耳竖立，鼻孔张大，黏膜外露，头颈伸直，牙关紧闭，腰背伸直，腹部肌肉紧缩，尾根翘起，四肢强直，状如木马，运行极度困难。

材料予以了采信。

适量的药对疾病有效，但如果因为有效便加大用药量，有时也会导致心跳骤停和呼吸停止。主犯男子大概懂得这些，让受害人服下了大量感冒药。他自认为没有让受害人服毒，这才招摇地召开了收费记者招待会。

本案是嫌疑人男子和三名女同案犯所作的第一起案子，此后他们连续犯罪，又作了第二起、第三起案子。

在第一起案件中，他们让受害人男子吃下了掺有乌头的包子将其杀害，之后又抛尸河中。受害人的浮尸被发现后，我做了尸体鉴定，情况一如前述。

当初，这个案件是作为自杀案结的案，所以骗婚的女同案犯获赔 3 亿日元保险金。后来，保险公司提起民事诉讼要求返还保险金，法院判决令其返还。

第二起案件是他们 4 年后对一位半老男子实施骗婚，并使其长期服用含有大量醋氨酚[①]的感冒药和酒将其杀害。以骗婚者作为受益人的投保金额为 1 亿 7000 万日元。

在第三起案件中，他们采用了与第二起案件相同的方法，致使一中年男子生命垂危。骗婚者是女招待，以

① 醋氨酚用于治疗感冒发烧、关节痛、神经痛及偏头痛、癌性痛及术后止痛。剂量过大可引起肝脏损害，严重者可致昏迷甚至死亡。

她为受益人的投保金额为9亿日元。后因受害人向媒体爆料而案发。

逮捕犯人滞后的原因是，在第二、第三起案件的受害人身体中当时均未检出毒物，警方拿不出关键证据。

警察展开了秘密侦查，发现了这伙人让受害人服下大量感冒药和酒引起中毒症状的事实，于是立案。

三起案件均以主犯男子指使三名女同案犯杀人提起了诉讼。三名女同案犯分别被判处有期徒刑12年、15年和无期徒刑，主犯男子被判处死刑。

判决书称，主犯男子经营金融业和餐饮业等，把客人的赊账款项作为借款借给三名与自己有性关系的同案女招待，在金钱上控制她们，并用花言巧语引诱她们犯罪。

理所当然，如果在第三起案件案发前5年，进行司法解剖的大学能够做出正确的鉴定，认定该案是他杀后抛尸河中而非溺死，就不会出现第二个和第三个受害人。可以说，这起案件再次向我们昭示了法医学鉴定的重要性。

一切都结束了。

秋空一碧如洗，我纵情地做着深呼吸。

每每想到这起案件，眼前总会浮现刑警表情紧张、略显疲惫地与我沟通二次鉴定的场景。

后来我听说那位逮捕、起诉这桩疑案嫌疑人的检察官立了大功，受到了高度评价。

道口[1]疑案

一天晌午时分，我正打算订一份外卖炒饭。一家保险公司的代理律师打来电话，这是一位熟人，我接受过他几起二次鉴定的委托。

当时我压根儿没有想到，日后我竟会作为被告方证人在法院出庭，与原告方证人针锋相对。

"先生，久违啦，失礼失礼啊！"

"哪里哪里，是我失礼啦！"

"有新案子想向您咨询……"

"哦哦，什么案子啊？"

他是个诚实稳重、工作认真的人，所以我也能放心直言。律师在电话那头开始谈起想委托我的案子。

他说得简明易懂，富有说服力，虽然这是做生意的需要，但我还是很佩服他，觉得他总是很得要领。

① 公路与铁路的交叉口。

律师所谈的梗概如下：

一个男子不顾报警器“哐哐”作响，企图跑过铁路道口，结果绊倒在铁轨上向前扑倒昏迷过去，被电车轧到。

男子虽然幸运地保住了一条命，但两条腿被轧断，受了重伤。

男子在这家保险公司投了1亿日元的人身意外伤害险，便申请赔付保险金。

然而保险公司对案情进行了调查，故意而非意外的嫌疑浮出水面，便做出了不能赔付的答复。

男子一方不服，提起诉讼，要求被告赔付保险金，遂成纠纷。保险公司还说，该男子另外还在人寿保险公司和意外伤害保险公司等数家公司投保了总计达数亿日元的保险。

接受了律师的鉴定委托以后，我两次出具并提交了鉴定书。

后来，提起诉讼的原告即男子一方，提交了其委托交通事故专家出具的鉴定书，反驳了我的第一次鉴定内容。

我接到后又提交了一份意见书，并附上说明，认真地一一解释了交通事故专家的反驳是多么地错误。

也许是我在意见书里的反驳让男子一方发了慌，他们立即委托了法医学专家、某大学教授进行二次鉴定。

果不其然，二次鉴定书给出的结论也阐述了“上野鉴定”有多么地错误。于是我再次以回复教授反驳的形式编制并提交了一份答复书。

此事似乎就此结束了，然而事态并未平息，我竟然成了被告即保险公司一方的证人，要到法院出庭作证。

最终，本案的审理出现了一个任何人都没有想到的意外结局。

我以前在其他书里简单提到过此案，但从未提及案件的细节详情，这次想在这里详加说明。

第一次接到律师电话以后，我被拉进了一个长达5年的旷日持久的官司。

保险公司都有专员，负责调查这类事故是真的意外事故，还是伪装成意外事故的诈骗案，大多由退休或转业的警察任职。他们向办案人员了解事情经过，收集现场及周边的材料，向公司汇报。他们都是老把式，调查非常在行。但因为不是现职警官，当然没有侦查权，所能做的自然就有限。于是他们会动用以前的人际关系进行详尽的调查。

在个人与大保险公司对立的情况中，人们往往会偏袒个人一方，心里总会想你保险公司就别再纠缠细节，赶快付钱吧。可是，如果保险公司的主张是正确的，案子可就是一起重大的诈骗案。忽视这一点是不能为社会公论所接受的。

像有名的和歌山咖喱饭投毒案①、本庄骗保杀人案②那样的骗取保险金的杀人案从未绝迹。如果认为保险公司办事草率，不经认真调查便会轻易赔付保险金的评价传播开来，这类犯罪将会大大增加，必然导致投保后被杀的受害人数量大大增加。就是为了加强控制力，也必须

---

①1998 年 7 月 25 日，日本和歌山市园部地方在夏日节现场因组织者售卖的咖喱饭中被混入砷化物（砒霜），造成 67 人中毒，其中 4 人死亡的重大事件。原保险公司推销员、主妇林真须美（当时 37 岁）被控投毒被捕，后被起诉。和歌山地方法院一审开庭 95 次，耗时 3 年 7 个月，于 2002 年 12 月判处被告死刑。被告以无直接证据及无犯罪动机为由上诉至大阪高等法院及日本最高法院。2009 年 4 月，最高法院驳回上诉，确定死刑判决有效。截至 2018 年 10 月，犯人仍拘押在大阪拘留所。此案当时在日本的刑事审判、饮食业行为、模仿犯罪等方面引发重大社会影响。本书第三章《哥哥的眼泪》一篇中叙述了有关证据方面的相关内容。

② 又称“本庄案”“埼玉本庄案”，指 1995 年至 1999 年间发生于日本埼玉县本庄市的系列骗保杀人案。主犯为一名经营街头金融业并开有一间饮食店的男子，从犯为店中的三名女招待。这 4 人以“与来店常客假结婚后投毒杀害”的方式三次实施犯罪，造成 2 人死亡、1 人重伤的严重后果。罪犯由此骗得大量保险金，后因第三名受害人告发而案发。日本最高法院于 2008 年确定主犯的死刑判决，截至 2019 年，主犯被关押在东京拘留所。本案案发时距和歌山咖喱饭投毒案发生不满一年，主犯在被捕前 8 个月的时间里在自家店内召开了 203 次史无前例的有偿记者见面会，收取费用高达 1000 万日元。一时间舆论哗然，引起了日本社会的高度关注。本书第二章《迟来的二次鉴定》一篇中叙述了本案的一些细节。

严格审查。

“先生，资料已经齐了，能请您过目一下吗？”

“可以啊！我看过后给您回复。”

再说一遍，我是否接受鉴定委托，是要等认真阅读材料后再考虑的。我一向以“尸体会说话”为座右铭，不管委托方是遗属、警察还是保险公司，不论何者，只要无法做出满足他们愿望的鉴定，我都不会接受委托。

我不愿意因为收了钱就做出有悖仁义的事情，明明觉得可疑，却偏要说尸体没有说出的情况。决不能把白说成黑。我在接受二次鉴定工作的时候总把这条铭记在心。

“谢谢！那我们下周把材料寄给您。”

一周后，快递公司送来了厚厚的一沓材料。打开包装箱一看，还有很多现场照片。案子似乎已经开始审理。

案情证据极为可疑，还缺少有科学依据的证据。他们觉得还是找专家咨询一下为妥，便找到了我。

我决定尽快投入鉴定工作。

日前听过律师的介绍，案情梗概基本已经在脑子里了。

男子试图跑过“哐哐哐”响着警报的铁路道口时绊倒在铁轨上。据说他几年前曾被冻伤，脚指头有些残疾。

他在摔倒后头部遭到重击，昏了过去，未能躲开驶来的电车，被轧断了双腿。

对方主张这是过失而非故意。

材料中还附有一张面部照片作为证据，照片显示脑门上方的头前部有伤，说是头部被撞击昏迷时形成的。

看到这张照片的一瞬间，我便确信“其中有疑”。

不是在脑门，而是在头部前方发际处，有鸡蛋大小的一块头发脱落，纵向偏斜有一道伤痕。这明显与实际情况不符。

如果像男子主张的那样，他是小跑着向前扑倒的，那么通常应该是双手手掌首先触地，形成保护姿势。这一点我在本书第一章《请看我的脸》一篇中已经解释过。我想，大家想象一下孩子们在运动会上赛跑时摔倒的样子就能明白，手掌和膝盖上几乎都会有擦伤。

就算跑得太快，双手未能及时做出保护姿势而擦伤面部，仅仅撞伤头部前方也是很难想象的。

而且，男子的面部并未受伤。如果的确如他所说的那样，那他触地的姿势势必变得相当不自然。

按照通常的摔倒方式，只要不是故意以猛弯脖子这种极不自然的姿势去重重撞击，就不会发生单单撞到脑门以上即前头部发际处而受伤的情况。

接着我看了现场照片。

照片显示，男子倒地俯卧，右前方两三米处的铁轨旁有一个装着配电盘的配电柜。列车从男子的左方向右方驶过，配电柜位于列车的前进方向。我推测，男子发际处的伤可能是被列车撞飞时磕到这个配电柜上形成的。

这就是说，如果认为这处伤并非摔倒时所形成，而是被列车撞飞时头部碰到配电柜角上造成的，则受伤情况可以与前头部所受的纵斜向伤情相吻合。

根据以上情况，我认定男子的主张不合理，决定接受鉴定工作。

保险公司委托我鉴定的内容是：男子前头部所受之伤究竟是向前扑倒时形成的，还是被列车撞飞以后形成的。

他们同时还问，假定这伤是摔倒时形成的，这伤会不会导致昏迷。

眼下审理中争论的焦点是，当事人俯卧在铁轨上时到底有没有失去意识。

说得明白一点，首先男子是这样主张的：

“我在过道口的时候，由于走得快以及脚上有陈旧冻伤的缘故而向前摔倒，撞到头部，昏迷过去。不幸的是，列车此时正巧驶过，轧断了我的双腿。昏迷的证据吗？

瞧，脑门上方有伤哦。这就是证据。”

另一方面，被男子起诉要求赔付保险金的保险公司是这样主张的：

“不对不对！您在摔倒的时候没有意识障碍哦。您明明可以躲开却没有躲，故意的可能性很大！”

我结合这些情况，提交了以下鉴定结论：

“像本案这样，跑着摔倒撞到长有头发的前头部，可谓是极其罕见的现象。且向前扑倒而产生意识障碍的例子前所未闻。如果摔倒后真的产生了意识障碍，那么这种摔倒必定是具有相当大加速度的猛烈摔倒，面部或前额部一定会受到撞击。而且，如果是伴有这种加速度的摔倒，身体会摔出轨道，不会形成本案的伤情。”

我还从其他角度对男子前头部的伤情是否会引起脑震荡、昏迷等意识障碍做了进一步研究。

幸运的是，事故发生后男子很快被抬上救护车，送到附近的急救医院，接受了头部 X 光和 CT 扫描检查，留下了片子。

一般说来，脑震荡是引起意识障碍的主要原因，脑震荡会引起意识消失、呕吐、脉搏变缓三种症状。但是这个男子却未见外伤引起的血肿、损伤和颅骨骨折等情况，更未见呕吐症状。他还接受了脉搏检查，结果是脉搏加速，并非脉搏变缓。此外，引起意识障碍的头部外伤往往会导致脑部肿胀，但这个男子的脑部却呈现出萎缩倾向。

假设像当事人本人所主张的那样出现过意识障碍，则可能是因双腿被轧断产生的休克所致。不过，那是事故发生之后的事情，与此次争论的焦点无关。

这里提供一个参考。如果摔倒者不是向前扑倒而是仰面摔倒，无法采取保护姿势而在无防备状态下后头部受到撞击，那么发生颅骨内损伤，引起意识障碍就不足为怪了。但根据检查结果，该男子后头部未见损伤。

而且，还有件怪事。

假设前头部的伤是在向前扑倒时形成的，那么，一定沿身体纵轴自上而下形成擦伤。然而，男子头上的伤却呈左右斜向。

如果坦率解读案情，一般都会认为男子在列车轧过的时候被撞向了列车前进方向，即右前方。

我出具了鉴定结论：前头部的伤并非形成于向前扑倒时，而是男子被电车撞击时朝列车前进方向即右前方飞去，前头部撞到垂直立于地面的配电柜角等物所形成。

庭审中，双方围绕我的鉴定结论展开了激烈辩论。

几个月后，对方即双腿被轧断男子的律师提交了一份委托交通事故专家出具的鉴定书。

正如本节开头所说的那样，这份鉴定书针锋相对地否定了我的鉴定结论。

这份鉴定书否定了我认为男子前头部的伤系被列车撞飞，碰到列车前进方向即右前方的配电柜角而形成的鉴定结论。其根据是，在身体的足部被列车轧到的情况下，只要身体不被卷入车体，就会以身体重心为中心产生力矩[①]，男子的上半身会与列车前进方向作逆向移动，而腿则会沿列车前进方向移动，所以不存在猛烈撞击配电柜的可能性。

这种思维是汽车驱动轮的理论。驱动轮旋转时会与地面产生强烈摩擦，如果轧过人体，就会使人体向汽车前进方向相反的方向移动。然而，列车轧过时却不能如此照搬。

这份鉴定书认为："如果认为男子因移动幅度大而撞上配电柜角，那么这种撞击不能形成其大腿部和前头部那种形状的伤。移动时全身应会受到拖拽擦伤，关节部位也应受到重大损伤。所以，上野的判断是一个巨大的

① 力矩在物理学里是指作用力使物体绕着转动轴或支点转动的趋向。

错误。”

下面，我将引用交通事故专家的意见，内容有点专业性。

“从事故现场的人行道和周边情况看，当事人足部以外的伤系足部被列车轧断前所形成。这些伤在当事人摔倒、左大腿部撞击人行道边尖锐坚硬部位时所形成。头部伤系撞击路基时所形成。而路基在人行道与配电柜之间靠人行道一侧，与人行道有一定的高差，上面铺有五至九厘米大小的石块道砟[①]。

“如果当事人撞击到事故现场人行道的路面或人行道边缘尖锐坚硬部位以及配电柜，则不会形成前头部伤痕形状的伤。而且这种情况下，伴有颅骨骨折的可能性极高，会超出本案事故的伤害范围。

“当事人因头部与道砟撞击而受到伤害，当场失去意识扑倒在地的可能性极大。可以推测，当事人倒地时的状态是两脚架在铁轨上，大腿部以上部位处于道砟之上，左腕及左手搭在人行道上，呈俯卧状态。

“可以考虑当事人足部被列车轧到后其身体会有若干移动，但基本保持了事故前的状态。其原因是，即使足

① 用来铺公路或铁路路基的粗砂砾或碎石，石质为特级花岗岩。

部被列车轧断，男子的重心以及腰部与胸部中间以上的上半身受到了与列车前进方向相反的力。足部被轧断后，只有在身体被卷入列车时，头部以上部位才会向列车前进方向移动。而本案事故中未见此种情况。所以，上野先生的观点是错误的。”

在这份鉴定中，交通事故专家鉴定人有两大主张：

第一，头前部伤是向前扑倒时头碰到铁轨路基的道砟形成的。

第二，被列车轧到时，男子的头部未向列车前进方向，而是朝列车后方移动的，不可能碰到位于前方的配电柜。

接到这份鉴定书后，我以意见书的形式再次阐述了自己的意见。

我在东京都法医院长年从事验尸工作。东京都内因地理位置的原因，为电车轧死的非正常死亡尸体验尸的案例极多。每次我都会赶赴现场，为被电车轧死的人验尸。现场的尸体无一不是朝着列车前进的方向被撞飞的。

我从未见过那位交通事故专家鉴定人所主张的脚被撞向前方，而身体却跑向相反方向的事故。我重复一遍，被列车轧到的尸体都是被撞向列车前进方向的，这不会有错。

交通事故专家鉴定人的这种主张，恐怕是没有列车事故现场经验者的说法。

面对鉴定人的反驳，我逐条进行了再次反驳，再次出示了我第一次鉴定所述的依据。

我最后强调批评了那位专家所做的无视医学及法医学、缺乏科学常识的鉴定结果。

在我提交意见书的几个月后，男子的律师团再次委托某大学法医学家又做了一次鉴定，提交了新鉴定书作为证据。这是他们被我上次以“无视法医学的鉴定没有意义”的论点驳倒后的动作。

那位大学教授的再次鉴定结论如下：

“关于前头部伤的形成，可以推定是由长二至五厘米左右、宽一厘米左右的坚硬钝物强力打击造成的。关于此伤是否导致意识障碍，因为不能否定造成此伤的外力会导致脑震荡，所以不能否定发生过脑震荡的症状‘瞬间意识障碍’。”

这个结论迎合了男子一方认为此伤由坚硬钝物所致，受伤时发生了脑震荡，引起了意识障碍的主张。

这可以先放一下。但这份鉴定存在重大的缺陷。

大学教授主张“是否发生了脑震荡”是本案重要的

关键所在，鉴定中写出了发生脑震荡的条件，说可见面色苍白、呕吐、呼吸加快、脉搏变缓、血压轻度降低等症状。

然而，在男子被送进医院时拍摄的脑部X光片和CT扫描片的结果及其本人的症状中，并未见可认定为脑震荡的症状。

未见引起脑震荡的症状却做出了存在脑震荡可能的结论，这样的鉴定不可信。

鉴定书述及了前头部伤是如何形成的，却未提及形成时间这个关键点。

不论怎样，当时人们都认为，剩下的争论焦点只有一点了：那就是头部所受的伤是碰到地面或路基形成的，还是人被撞飞后碰到配电柜角上形成的。

“传下一位被告方证人上野先生。”

在齐腰高的隔离栏杆对面，审判长坐在审判席中央，法官分坐两边，下面一排坐着书记员，再下方是证人席。

左右席上，分别坐着原告方律师和被告方律师等人。男子一方相关人等和保险公司相关人等坐在位于我身后的旁听席上旁听。法庭内的情景与电视剧中看到的完全一样。

我被审判长叫到后，便站到了法官面前的证人席上，那里装有话筒。

“我宣誓：遵从良心叙述事实，不隐瞒任何事情，不作伪证。”

我读过宣誓书后在上面签字画押，然后提交上去。审判长检阅了我的宣誓书，告知我说作伪证将受到惩罚。

“现在开始庭审，听取证人上野先生的证词。”

审判长说了开场白。请我来作证的保险公司方律师应声说了句“明白了”，便走到了我的面前。

从我收到鉴定委托，同对方的交通事故专家和那位法医学家的大学教授打交道时开始，到收到法院传唤证人通知时为止，时间已经过去了5个年头。

法院突然联系我说“请作为鉴定证人出庭”的时候，我甚至要花上片刻时间在记忆里搜寻线索，来回忆是什么鉴定。毕竟5年了，原本吃奶的一岁孩子也到了上小学的时候了。

我是从此案中脱身出来了，但在这期间，保险公司和男子却一直在为赔付还是拒付反复纠缠。

站到证人席上的不止我一人。5年前做过鉴定的三个人一个接一个地站上了证人席。第一个是原告方证人，那位交通事故专家。第二个同样是原告方证人，那位法医学的大学教授。最后才是我这个被告方证人。

交通事故专家和大学教授在原告方律师的引导下分别重复了鉴定书里的内容，作了证。

第一个站到证人席上的是交通事故专家。他按照鉴定书上写的那样，解释了人被列车撞飞的时候，腿会朝着列车前进方向而头会朝着相反方向移动。

其后作证的大学教授也主张，当事人由于头部受到重击失去意识而未能躲开，双腿被轧断。

然后才轮到我作证。主要由保险公司的律师站在我身旁询问。

“我先问您，前头部的伤是如何形成的？”

“好的。比方说，请大家想象一下孩子在运动会上摔倒时的情况就会明白，摔倒时双手会瞬间做出保护动作，虽然跑得太快会搞伤脸部，但通常会有双手擦伤、膝盖蹭破皮之类的外伤。然而，当事人完全没有这些伤。我从未听说过跑着摔倒却只伤到前头部的情况。”

我也用鉴定书上所写的内容来回答律师的提问。

“您是说脑门上方前头部有头发的地方不可能受伤吗？”

“对，是这样的。只有以猛烈弯曲脖子的极不自然的姿势撞击头部的情况下才可能形成这种伤。”

“那您是说前头部所受的伤不是摔倒时形成的吗？”

“对。人被列车撞到时会沿列车前进方向飞出去。这是我于东京法医院工作时在多起列车事故现场得到的经验。所以，当事人应该是在腿被轧断的同时，上半身发生旋转，朝列车前进方向飞出，前头部碰到右前方两三米处的配电柜角上的。前头部的伤痕是纵斜向的。如果是摔倒，就会擦在地面上，伤痕应该是纵向直线的。我认为这伤是身体被撞飞并扭转，斜碰在配电柜角上形成的，这样更加合理。”

原告方律师举起了手。

“腿朝前进方向，身体对着反方向，人却飞到了配电柜上，这难道不是很奇怪吗？”

对这个问题，我重复了一遍前面的解释。

“所以，这样的现场我从未见过。人全部都是朝前进方向飞出去的。”

听到我的回答，保险公司的律师似乎很满意，又进一步提问：

“原告方主张当事人失去意识是因为脑震荡，对此您怎么看？”

“原告方主张摔倒时撞击了头部导致脑震荡，但没有拿出证据。如果发生脑震荡,X 光片和 CT 片上是可见的。我在鉴定书里写到过，脑震荡会引起意识消失、呕吐和脉搏变缓三大症状，但病历上未见其中任何一种。所以，认为当事人是因为摔倒引起脑震荡导致意识障碍后被列车轧到的主张并不合理。”

对包括我在内的三位证人的询问时间大约是三十分钟到一个小时。律师对我的询问结束后，审判长宣布道：

“休庭十五分钟。”

然后又加了一句：

“休庭后法庭准备白板，请证人画图说明。”

庭审进入十五分钟的休庭。

从结果上说，这十五分钟的休庭让久拖不决的争议发生了重大转折，使案件审理迅速走向了终结。

“现在请证人再使用白板说明。”

“好的。”

眼前就是刚刚搬进法庭里的白板。

这时法庭里的气氛已经发生了变化。

此前一直说是在道口摔倒失去意识后被列车轧到的，但失去意识是前头部的伤引起的吗？说到底，这伤是在摔倒时形成的吗？原告方、被告方围绕这个核心争论不休。双方就此反复拉锯，互陈主张。

然而，三位证人作证后，法庭内的气氛开始倾向于认为我的意见正确。正因为如此，审判长才希望我在休庭后做详细说明。

于是我从原来的辩论焦点中解放了出来。

我在白板上画出了现场图示，图上显示了男子横卧在铁路上的状态。铁路的外侧是个缓坡。列车司机做了如下的证言：

“那男子横卧在地，双腿架在铁轨上。上半身在铁轨外面，当时天色太暗，看不太清。”

他所说的“天色太暗，看不太清”的铁轨外面，也就是男子失去意识时上半身横卧的地方，地面缓缓向下倾斜。

这是怎样的情况呢？

男子的双腿在铁轨上。

男子的上半身在铁轨外面向下倾斜的地上。

如果像男子所主张的那样，他是丧失意识倒在那里的话，那他的上半身应该头朝缓坡下方俯卧，下半身位于轨道内较高的位置，所以双腿膝关节以下小腿部位是向上方举起的。

如果以这种姿势与驶来的电车发生碰撞，可以想象，电车前面的排障器会将他的两只小腿扫到轨道外面去。然而事实却是，男子两只小腿在同一位置被轧断。

在俯卧状态下，如果男子不靠俯卧撑的力作用双手撑起身体，使上半身与下半身保持同一高度，就不可能发生两只小腿在同一位置被轧断的情况。至少他在丧失意识的情况下是不可能做出这种姿势的。

我一边在白板上画着图，一边说明了本案并非由简单的意外摔倒导致的，而极有可能是一起经过计算的假摔事故。

这处道口是往下去的斜坡，如果男子以俯卧状态摔倒，膝关节以下的下肢必然会朝背后弯曲向上，脚在铁轨上呈向斜上方举起的状态。然而，这与事实存在巨大矛盾。

双腿的断面呈现左右腿均在同一高度从正横向切断的状态。

如果男子处在丧失意识的状态下，身体会瘫得软绵绵的，即使被列车轧过，双腿也不会被正横向轧断。通常，在靠近列车的那条腿被轧断后，另一条腿会被就势撞开，不会被轧断，或者被斜着轧断。

然而，男子的双腿却是在同样高度整整齐齐地被正横向轧断的。

这究竟意味着什么？

“双腿被横向轧断。究竟处在怎样的状态下才会有此结果呢？正如这幅图所画的那样，可以推测，当事人这时是把双腿置于铁轨上，上半身位于朝下方倾斜的铁轨外侧，双臂按俯卧撑的要领撑起，用力使身体挺直的。所以，这不是神志不清，而是有意图的行为。”

把双腿架在铁轨上，用双臂牢牢撑住位于铁轨外侧的上半身，用俯卧撑的姿势等待列车驶过。任何人在等待列车即将轧断自己双腿的情况下，都需要投入相当的力量，双腿也需要有巨大的力量。可以说，这与在昏迷后身体瘫软的状态下趴在铁轨上的情况完全相反。

列车就要驶来。

“呜呜呜——”

刺耳的鸣笛划破黑暗的夜空。

列车飞驰而来，轧过等在那里的人，吃着劲架起来的双腿被正横向齐齐轧断。在一般的列车轧人事故中根本不可能有这种极不自然的情况。

“明白了！非常感谢！”

审判长对我说道。保险公司的胜诉瞬间决定了。

海外谜案

最近看到一则日本人在菲律宾被杀的新闻。在马来西亚，一名日本女子因企图走私毒品被判处死刑。

近年，日本人在海外被卷进犯罪的以及直接涉嫌犯罪的案件有所增加。也许这是去海外的日本人激增的缘故。

事实上，人们看到这些新闻，总有一种远离现实的感觉，大概与新闻中总是有些我们听不惯的外国地名有关。

当然，日本人在海外卷入犯罪已是不争的事实。

即使身在海外，尸体也会说得清清楚楚。

实际上，委托我对发生在海外的案件进行二次鉴定的情况也越来越多了。

有人投保高额的人身意外伤害险，在旅行中突然死亡，围绕保险金的赔付便会发生纠纷。但跟在日本国内不同，海外事故中搞不清状况的很多。海外的治安不好，警察的侦查也不到位，尤其在边境地区，作案容易，破案难。

保险公司也会在当地进行调查，但死者经常会在没有明确证据的情况下被判为意外死亡，即便提出异议，基本上也都不被理睬。

出于这种情况，他们会来找我咨询。

本篇将讲述三个案例。这些案件或意外都发生在海外，案发后又都委托我做了二次鉴定。海外案件今后肯定会越来越多，在这里聊这些案例，也是为了多少能够做到防患于未然。

一名日本男子从菲律宾一家高层酒店25层的窗户坠落，摔到7层露台上身亡。

尸体在菲律宾国家警察犯罪研究所做了尸检。

死因被鉴定为“头部、躯体及下肢外伤性损伤”，作为“意外死亡”进行了处理。

但是，这名男子投保了高额的人身意外伤害险。

“能否请您进行二次鉴定，看看是不是真的意外死亡。”

保险公司的办案人员带着全套案件材料来到我家。

材料里有现场拍摄的照片。被认为是男子于此坠落的窗户离地面1米高，大约到成人的腰际。窗扇[1]的结构

① 窗扇是封闭窗洞的开关窗、吊窗连同其配件或其他框架。

与常见的酒店一样，并不能完全打开。材料上说，该男子从 25 层的这个窗户坠落到下方 54 米处的 7 层露台地面上。

在 7 层现场，离墙 2 米处有钢制栅栏。受害人被发现时，头部触在栅栏的下端，身体甩在栅栏的外侧。

简单地说，男子从 25 层的窗户坠落，头部触到离 7 层墙壁 2 米远的栅栏扶手上，腿被反弹甩在栅栏外面。

这是不慎坠楼意外死亡？

还是故意跳楼自杀？

辩论的焦点即在于此。

我们先来研究一下不慎坠楼造成意外死亡的情况。

坠落的窗口有齐腰的高度，结构上窗扇只能打开三分之一左右，从这里不慎坠楼本身就相当不自然。不过，这是情况证据[①]，我们先放一放再说。

假定是不慎坠楼，那么人体会从窗户开始蹭着外墙落下。说得易懂点，就是人会顺着酒店的外墙壁刺溜溜地滑落下去。中途墙面如果有突出物体，人体碰到后会被甩向外侧。可是看酒店的照片，这是典型的酒店结构，外壁上没有任何凹凸样物体。

---

① 指能够间接推测犯罪事实的证据，亦称“间接证据”。

尽管如此，该男子却落在了离墙 2 米远的外侧。

这究竟意味着什么？

男子是以游泳时头朝下跳入水中的跳水姿势落下的。这就是说，他是踩在窗框上，蹬窗框后头朝下坠楼的。

这样才会与尸体表现完全吻合。

我用图解展示了这个过程：男子从窗户落下，头部撞在位于下方 54 米处栅栏扶手上，人被抛到栅栏外面，横卧在地。

假设男子是坐在窗台上以向后翻的姿势落下的，情况又会怎样呢？

如前所述，这时人体会背对外墙，贴着外墙落下，不会在离墙 2 米远的栅栏外侧着地，而会在内侧近墙处着地。

而且，着地后通常脚位于靠近建筑物外墙的位置，头位于远位。尸体损伤也主要是以后头部为主的颅骨粉碎性骨折，不会形成面部的擦伤或跌打伤。

然而，本案的尸体在栅栏外侧着地，而且头部近墙，脚在远位。尸体未见脚部、股骨颈部的骨折等，所以不是脚先着地的坠落。

所有这些结论，都是我从众多意外坠落案的验尸结果中推导而来的，从我所属大学的人体模型实验结集中也可进一步知晓。

根据以上所见判断，本案明显不是坐在窗台上向外后翻落的意外坠楼。

而且，除着地时的外伤之外，尸体未见其他损伤。由此可以认定，本案不是他杀，而是自杀行为。

人体坠落在离建筑物外墙 2 米的地方。这就是认定自杀的理由。我提交了这样的鉴定书。结果，保险公司的主张得到采信，获得胜诉。

下一个是发生在蒙古的案件。

一位日本高龄男子背朝外坐在乌兰巴托机场旁拱形散步街的路边石上，散步街与下方有 4 米的高差。案发时已经不是深夜，而是凌晨，极少有行人往来。

老人好像喝醉了酒，从 4 米高的地方翻落到正在施工的沙石路上。他被送进医院，不久便被确认死亡。

意外刚发生时，老人的头部朝着散步街墙壁一侧呈俯卧状。当时没有测量从墙壁到头部的准确距离，好像有四五十厘米。

在当地进行了司法解剖。为这名死亡的日本人进行尸检和解剖的是蒙古警察。我见到的解剖报告这样写道：

1. 左第一到第十二肋骨骨折。

2. 左上肺叶损伤（肋骨骨折后的断骨导致的损伤）。

3. 血气胸 600 毫升。

4. 第三、第四腰椎骨折。

5. 左大腿骨骨折。

6. 血液中酒精浓度 2.4%，处于高度醉酒状态（正确的浓度单位应为 mg/ml）。

根据以上情况，死因写的是“损伤性休克”，死因种类是“醉酒导致的过失意外”。

本案也跟上述菲律宾的案子一样，是保险公司委托我做二次鉴定的。让我对蒙古警察已经验过尸并做过司法解剖的尸体进行二次鉴定。就在前不久都不能想象，这样的时代居然已经到来。我切身感到，世道已经大变样了。

保险公司的委托如下：

本案被认定为醉酒后意外死亡，从尸体表现来看这个结论正确吗？

有没有第三者致其跌落的可能性？

简单说就是：

“蒙古警察所做的结论是因醉酒后意外死亡，从尸体表现来看，这个结论对吗？有没有可能是有人把男子推下去致其死亡的呢？”

在这个案子上，我当然没有改变自己认为“尸体会说话”的态度。

我仔细认真地查阅了蒙古警察的验尸和解剖报告。

根据同行者的证言我已经知道，受害人被发现时呈俯卧状，头部位于离散步街墙壁四五十厘米的近位，脚部位于远位。

假如是坐着朝后翻落 4 米高度，应该是头朝下方，背朝墙坠落。正如我在前面菲律宾案件中解释过的那样，应该呈现出脚冲墙壁，头向外侧，以仰卧姿势着地的状态。

如果尸体是这种情况，那么就有可能是过失导致的意外死亡。

在这种情况下，通常后头部会受到很大撞击，可见头皮挫伤、颅骨粉碎性骨折、脑挫伤等情况，人会当场死亡，并伴有大量出血。

可是本案中受害人未见头部损伤。不仅如此，被发现时的姿势也不是仰卧，而是俯卧，头部位于墙壁的近位，状态完全相反。

因而，认定本案为过失意外，是无法做出合理解释的。

那么，假设当事人是被人推下去的，又会有怎样的尸体表现呢？

如果受到第三者的推动朝后方坠落，就会产生加速度，体位会相应翻转 270 度左右，落到地面时呈俯卧状，头部位于墙壁的近位，脚部位于墙壁的远位。

受害人面部会受到很大撞击，产生面部骨折、颅骨骨折，脸部变形，并伴有大量出血。

进而由于胸部受到跌打，前胸会发生多发性肋骨骨折，肋骨骨折端会刺进肺部，造成肺损伤，形成血气胸。在这种情况下，有时还会产生心脏破裂。不过，如果双手护住了面部，也可能不会形成颅骨骨折和面部骨折。

假定是这种情况，则与受害人的尸体表现相吻合。

尸体可见左大腿骨骨折，可以推测为着地时左大腿部先着地，然后右腿撞到左大腿骨致其骨折。身体触到地面时发生骨折的部位基本上是头、膝，大腿部不会骨折。

我在鉴定意见书的“总结”中这样写道：

“受害人在散步街上方背朝外坐在路边石上时，受到第三者（加害人）从右斜方施以加速度的推力，致其倒向左后方翻倒坠落。受害人身体下落时发生翻转，落在下方 4 米处，着地时头部位于墙壁近位，脚部位于远位，左侧脸朝下呈俯卧状。这种姿势与尸体被发现时的状况一致，受害人的所有损伤也由此可得合理解释。因此，应该认定本案不是过失意外，而是一起有第三者介入的坠落案。”

民事诉讼审理时以这个鉴定为基础进行了辩论，法院做出了无须赔付伤害保险金的判决。案子以被告方保险公司胜诉结案。

判决后听保险公司的办案人员说，这笔保险金的受益人即本案原告，根本不是受害男子的亲戚，只是熟人而已。

受害男子年事已高，并有酒精依赖症，长年陪伴他的妻子扔给了他一份离婚书。离婚后妻子与蒙古人再婚，去了海外。保险金受益人、本案原告男子说可以让受害男子与妻子见面，花言巧语把他带到蒙古，让他在这里遭遇此案。从这些外在情况也能推测出本案极其可疑。

但这个案件也只是民事案件，未能成为刑事案件。

尽管根据我的鉴定意见书，保险公司在民事诉讼中因本案为第三者介入的坠落事故而胜诉，但第三者即加害人究竟是谁，是谁致使受害男子坠落，这起在蒙古发生的案子要按照蒙古的法律审判，在日本无法起诉，只好作为民事审判结案。

这是一个“尸体只说了一半”的极为遗憾的故事。

最后这个案件发生在印度尼西亚。

同前两个案子一样，这个案件也是受托于保险公司。

有个日本男子死在了某公寓里。

遗属认为他是被第三者杀害的，要求保险公司赔付他杀案的伤害保险金。保险公司拒付，双方因此打起了官司。

案子的梗概是这样的：

早晨，妻子刚起床就发现本案受害人——她的丈夫穿着睡衣，后脑勺靠在墙上，膝盖微弯，坐在那里。

妻子跟他说话，他没有回答。妻子摸了一下，他的身体很凉。妻子慌忙叫来了一位同住的男子。

男子也呼唤他，他仍无反应，于是叫来了救护车。急救人员检查发现男子已经死亡，但还是将他送进了附近的医院。

医院在男子被送来的时候就确认他已经死亡。为明确死因，医院进行了尸体解剖。后来，作为第一发现人的妻子和同住男子接受了警察的案情询问。

我想在这里具体确认一下遗属即妻子一方与保险公司争议的焦点是什么。

死者颈部有疑似索沟[1]的痕迹，双方争论这是上吊自

①索沟，俗称绳印。指绳索压迫人体软组织留下的痕迹。

杀的痕迹，还是被第三者勒死的痕迹。

保险公司拿来下列材料：

1. 印尼警方侦查报告的译文。

2. 印尼医院死者尸体解剖所见的译文。

3. 死亡证明书的英文本。

4. 遗体照片 5 张。

5. 现场照片 4 张。

6. 皮带及绳子的照片。

7. 印尼警方意见报告书的译文。

8. 妻子向保险公司调查人员说明事实的口述报告。

9. 同住男子向保险公司调查人员说明事实的口述报告。

10. 迄今为止的庭审记录。

此外还有一些材料，我只列出上述这些以资参考。

我依据这些材料进行了二次鉴定。

“先生，在这种情况下，死亡男子的死因最终如何认定才好呢？”

委托方保险公司的办案员说道。

“先生，我们认为他是自杀而不是他杀，从法医学上看又怎样呢？”

这才是真话。

“我知道了。先研究一下看看吧。能给我一些时间吗？”

“谢谢！无论如何请多费心！”

保险公司办案员说完便离开了我家。

我立即开始研究。

印尼医院出具的尸体解剖结论记载如下：

“死亡由勒在颈部的钝器压力所致。因此压力，甲状软骨[①]左右角部骨折，骨折的甲状软骨角部附近出血，堵塞了呼吸器官，导致窒息死亡。”

这里并未区分死亡是自杀、他杀或是意外。而在印尼，本案被报道为一起意外死亡案件。

观察当事人躺在现场的照片，可以推测他当时是把皮带挂在双层床梯子的第二级上，臀部坐在地上上吊的。

尽管发现人说并未看到当事人上吊的情形，但现场发现了当事人本人的皮带。经警察确认，皮带的粗细与留在颈部的痕迹宽窄一致。然而尸体被发现时并非处在上吊状态，皮带也不在附近。

尸体面部有淤血，呈窒息状，手脚有跌打伤，形成流血伤。

---

① 甲状软骨构成喉的前壁和侧壁，由前缘相互愈着的呈四边形的左、右软骨板组成。

查阅解剖所见，有如下记述：

1. 面部有淤血。

2. 左眼睑有点状出血。

3. 两肺胸膜下有点状出血。

4. 颈部有索状痕（未见防御性创伤）。

5. 甲状软骨两上角骨折。

6. 后头部有跌打伤、裂伤（痉挛期形成）。

7. 右腿侧面表皮剥落（痉挛期形成）。

这不是典型缢死而是非典型缢死表现。

缢死分为典型缢死和非典型缢死。

所谓典型缢死指全部体重挂在吊在颈部的绳索上所致的窒息死亡。执行死刑的绞刑就属于这一类。在这种情况下，动脉静脉会瞬间闭合，面部不会出现淤血。

而非典型缢死则指体重没有全部挂在吊在颈部的绳索上所致的窒息死亡，脚略触地面的状态，或臀部似坐非坐处于坐姿的状态都属此类。在这种情况下，身体表面的静脉闭合，但体内深处的动脉却很难闭合，所以颈部是慢慢勒紧的，在这种状态下，面部会出现淤血。这具尸体面部有红色淤血，并有上述第 2 项和第 5 项表现，因而可以考虑属于非典型缢死。

那第 6 项和第 7 项是怎么回事呢？

进入窒息的第二期后，脑缺氧会引发痉挛。这时手脚会碰撞到墙壁或地面。由于人还活着，便会形成皮下出血和跌打伤。我们已经知道，这具尸体可见这类伤。

这些乍看上去很像是与人打斗被杀的证据，但认定为窒息第二期的表现并无不合理之处。

那留在颈部的索状痕有没有可能是第三者用皮带勒出来的呢？

没有这个可能性。为什么能够断言没有呢？

因为受害人颈部的索状痕是斜向的。

如果是他勒，根据我以往验尸的结果看，不会留下斜向勒痕。在他勒的情况下，索沟会像系领带一样在脖子上沿水平方向绕颈部一圈。

请想象一下他勒死的情况。加害人会悄悄地从背后靠过来，把皮带绕过受害人颈部前方，然后向背后死命拽紧，而不会往斜上方拉。

此外，这具尸体还说出了一件重要事情——

如果是被人从背后勒住脖子的话，那么受害人试图防卫会形成防御性创伤。然而尸体表现中未见有这类伤。

也就是说，绳子的痕迹是从耳后走向斜上方，可以认定，这是把绳子挂在门把手的高度上吊自杀时留下的。

即使在门把手那么低的地方上吊，只要臀部稍稍离开地面，也会造成非典型缢死。

根据以上情况，我做出了死者极有可能为自杀的鉴定。

前面介绍了来自海外的三起二次鉴定案例。

正如开头所述，日本人去海外的机会越来越多，与以前相比，委托进行海外死亡案二次鉴定的情况也逐渐增加。

如果是在日本，案件发生后会严格侦查，连后来的验尸和解剖都要核查。但是在海外的一些地方，侦查还没有这么严谨。这就是现状。尤其是边境地带，侦查不清，有关方面会迎合现场家属或相关人等的说法进行处理。这就是问题。

日本国内侦查严谨，罪行暴露得很快，因而在海外作案，企图钻法律和侦查空子的骗保案越来越多。

我认为，发生在海外的死亡案件是今后必须更加警惕、予以监视的问题。

第三章

尸言胜于雄辨

小小渗血点

在一家老人院，入住的老人接二连三地死亡。

老人都是坠落死亡，坊间传言说这有可能是系列杀人案。老人们均卧床不起，靠自身的力量无法翻越被认为是老人坠落的阳台。疑点因此浮出水面。外界普遍认为老人平常在老人院里备受虐待，真相却一直无法查清。

前不久发生了一起令人痛心的案件，一名50多岁的男子杀死了患有阿尔茨海默病的80多岁的母亲。

儿子跟着父母一家三口一道生活。父亲去世后，母亲开始出现阿尔茨海默病的症状，儿子便开始一个人看护母亲。因为患病，母亲的生活逐渐变得昼夜颠倒。

儿子是合同工，白天要去工厂干活，晚上要照顾母亲，客观上难以两全。于是儿子一度停职，还在白天雇用了护理工。然而，母亲病情日益恶化，不久就开始在外面走失，经常被警察保护起来。

护理的负担无法消解，儿子不得已辞了职。后来他曾三次申请生活补助，但每次都得不到受理，得到的只有一句话:“努把力，干活儿去!”一点儿具体建议也没有。

由于同时还要护理老人，儿子找不到新的工作。就在这期间，最后的依靠“失业补助金”也断供了。

原本就没有存款，银行卡贷款也借到了上限，穷困潦倒，生活窘迫，连公寓租金和水电燃气费都已难以支付，更不用说白天的护理费了。

“已经没有钱了，只能活到这个月底了。”儿子绝望地开了腔。母亲却只答了句:

“是吗，活不下去啦?”

“想活下去吗?”儿子问。

母亲看着远方回答道:“想活下去啊。想跟你，两个人一起活下去哪。”

然而，现实已经无以为继了。

“最后孝敬一次妈妈吧。”

儿子心里暗暗下定了决心。

到了月底房租到期的那一天，儿子把公寓打扫得干干净净，带着所剩的全部钱款7000日元离开家，推着轮椅上的母亲游览了京都城区。

“当年妈妈带我来这儿，我是多么高兴啊!”

“是啊。”

推着轮椅，两个人聊着，把留下母子回忆的地方转了一遍。当晚，两个人在便利店买了面包，一起吃了。夜里，他们走遍各处，最后选定了死亡地点，那是母亲经常带小时候的儿子来的沿河步道。

一天过去，第二天的凌晨来临。

“已经活不下去了。钱，没有了。就在这里了结吧。”

凌晨霜降，寒气逼人，儿子告诉母亲，母亲答道：

“是吗，活不下去了？我要跟你在一起。”

“真对不起！”儿子流着眼泪道歉。

母亲把儿子叫到跟前说：

“你是我的儿子，我来帮你。”

听到这话，儿子决心自己了结。他勒住了母亲的脖子。然后自己也用菜刀砍了脖子，试图自杀。但儿子没能死掉。

在案件审理中，被告讲述了自己的心情：拼命护理母亲，丢了工作，生活窘困，精神上被逼到了绝境……

“我长这双手就是为了杀害妈妈的吗？！”

“我做饭的时候，妈妈会像孩子一样‘哎哎’地跑过来。我把她抱起来，她就会笑。我非常爱妈妈！”

庭审过程中，儿子讲述了后悔和忏悔的心情，有时连法官眼眶里都噙满了泪水。

“护理母亲让我很累，但我从来没有厌烦过。相反，我很开心。我夺去了母亲宝贵的生命，但下辈子我还想做她的儿子。”

被告人陈述道。

法院对他做出了缓刑判决，这在杀人（承诺杀人[①]）案中实属特例。

“在本案中受到审判的不仅仅是被告人。介护[②]保险和生活保障行政也受到了追究。事情发展到了刑事案件的程度，行政相关人员有必要重新思考应该如何应对。”

所有这类案件的共同点在于，涉案的都是社会弱者，这委实令人悲哀。

有一天，一位故去男子的父母和妹妹与律师一起来找我。先开腔的父亲给我一种愤怒不已的感觉。

儿子精神异常，不久前住进了精神病医院。护理师说，儿子在医院发狂，他们给他注射了镇静剂，用带子捆在了床上。晚上，护理师查房时，发现他没有反应，

① 承诺杀人罪又称同意杀人罪，日本刑法中指得到被杀人同意而杀害被杀人的杀人罪，属于法定减轻杀人责任的罪名，通常会被判处 6 个月以上至 7 年以下的有期徒刑，犯罪未遂亦会受到刑罚。

② 看护、照顾的意思。指为生活不能自理或不能完全自理的弱势人群，包括老人、儿童以及残障者等提供帮助，照顾其日常生活起居的护理工作。

全身瘫软。护理师急忙叫来值班医生，解开带子，施行复苏术，但已经来不及了。根据值班医生的判断叫来了主治医生，确认儿子已经死亡。

家属赶到的时候，儿子已经死亡，死前连家属都没能看上一眼。

医院只告诉他们说似乎是心脏病发作，但没有明确说明死亡原因。

家属认为“平时儿子很健康，不可能骤死。儿子的脸已经变得暗黑，不是被摁着施加了暴力，就是被注射镇静剂导致休克而死”，向医院提出质疑，表示了不满。但医院方面只是重复死于疾病发作的解释。

家属对医院冷淡的应对产生了不信任，咨询了警察。

结果，因有医疗事故的嫌疑，对儿子的尸体进行了司法解剖。责任护理师和医院方面接受了讯问，病历也被收走。精神病院一概处在与社会隔绝的封闭环境中，院内的情况外部很难了解。

由大学教授执刀在法医学教室里进行了司法解剖。

半年后，鉴定书出炉。教授联系家属，说要向他们做说明。于是死者的父母和妹妹前去听取了说明。负责解剖的教授如是说：

“未见家属所担心的暴力痕迹。镇静剂已排出体外，血液里未见，不构成死亡原因。死因是原有基础病心脏病恶化导致的急性心力衰竭。”

医院应对冷淡，加上对病患从发现异常到死亡的过程解释模糊，死者父母越发觉得事情可疑，希望究明真相。于是他们咨询律师，提起了民事诉讼。

进入审理后，教授出具的尸体鉴定书提交给了法庭，家属方也能获得。判断鉴定书是否正确成为审理核心，如果不妥可以提出反驳。所以，需要精通医疗事故的律师团出庭应对。

妹妹曾经读过我的书《尸体会说话》，认为我行，选择了我做二次鉴定人，并与律师团一起来找我。我已经重复过多次，我不会有求必应，按照委托人的想法去做鉴定。我要在听取案件梗概，查阅委托人带来的参考资料，尤其是解剖医生的鉴定书后才会答复是否接受委托。

我阅读了鉴定书，里面写有颈部隐约可见生前形成的索状压迫痕迹，并记录了面部淤血严重，可见多发性渗血点；眼睑、口唇黏膜多处有米粒大小及小米粒大小渗血点；心脏和肺、食道、气管黏膜等处多处出现小米粒大小的渗血点，颅底可见大量淤血。

我认为这无疑是窒息死亡的表现。可当我继续阅读鉴定书时，却意外看到鉴定书里写道：颈部压迫痕轻微，死因并非颈部被勒导致的窒息死亡。

面部淤血严重，眼睑结膜、口腔黏膜渗血点多发，心脏和肺，进而食道及气管黏膜也有渗血点，颅底椎体部也有淤血。鉴定书说，所有这些均为猝死病症，所以死因是急性心力衰竭。

这个认定很不合理，不可接受。

那么，这样的尸体表现为什么会被判断为急性心力衰竭呢?

细想起来，大学只做杀人案类的司法解剖。跟法医不同，他们不做因病死亡及自杀、他杀、灾害事故等的验尸和解剖（行政验尸、行政解剖）工作，所以很少有机会观察疾病发作导致的渗血点。我推测，原因即在于此。

本案所见的渗血点在各个部位都出现了很多，且有小米粒那么大。法医学教科书中的记载称，渗血点多发于窒息死亡，亦见于因病猝死的情况。

解剖医生肯定是引用这条依据而做出的急性心力衰竭诊断。

然而，渗血点大小有不同，教科书上没有关于渗血点大小差异的记载。或许正因为此，解剖医生才做出这种认定的。

这里可以说明一下渗血点的问题。渗血点不是血管壁破损造成。从“渗血”字面可知，渗血点是血流阻滞等导致的血液成分从血管壁渗出引起的。这种情况有时也被称为点状出血，但正确的名称应该是渗血点。出血指的是血管壁破损后血液流到血管外的情况，与渗血点有不同的形成机理。这两者是有区别的。渗血点是像被针尖刺中那样极小的红点。

我先岔开一下话题。昭和时代①有三十年，我一直以东京都内法医身份，前往非正常死亡（健康人突然死亡，如自杀、他杀、灾害事故等）现场做验尸工作，如果死因不明，还要进行解剖（行政解剖）以查明死因。根据这些经验，我能够把窒息导致的渗血点和疾病发作导致的渗血点区分开来。

心脏病发作会使人心脏剧痛而胸闷痛苦，气息阻塞而不能自主呼吸，面部淤血而面色乌黑，然后猝死。这种呼吸困难会产生血液阻滞，形成渗血点。而这种渗血点的形状很小，通常只有跳蚤的吸血刺大小。

---

① 昭和时代指 1926 年至 1989 年日本昭和天皇在位的 63 年间。

也就是说，疾病发作时心跳及呼吸停止，血流阻滞，由此引起的渗血点状如蚤刺，数量也少。

但是，脖子被绳子勒住导致窒息死亡时，靠近体表的颈静脉（血液回到心脏的血管）中的血流会因为绳索的压迫而停止，但经过体内深处流经颈部深处的颈动脉（血液流出心脏的血管）因离表面太深难以受到压迫，所以绳索以上的面部会有大量血液滞留，出现严重淤血和渗血点。血管（颈静脉）受到绳索的物理性压迫，血流被阻断后会出现渗血点，这时的渗血点有小米粒大小，数量也多。

可见，同样是渗血点，形成的机理不同，出现的形状也会不同。

要想看透渗血点形状的不同，必须具有大量验尸、解剖经验。因为没有教科书和文献会把这个现象分析、解读到如此程度。但这个现象并不难。如同截住河流，上游就会涨满水一样，窒息死亡时人体出现淤血和渗血点是理所当然的现象。

结合这些研究，综合考察，我认定本案为颈部受到压迫导致窒息死亡的可能性极大。

“先生，情况不妙，不行啊。”

提交意见书后不久，律师就造访了我家。

“此话怎讲？”

“先生出具的意见书中提到的渗血点一事，法官的心证似乎不好。”

关于教科书和文献中没有记载的现象，法官似乎都会认定那是个人见解而非普遍认知而不予接受。

听说法官告诉律师团，让他们就我的见解向其他法医学家进行咨询。而后来几位大学教授反馈回来的答复都对我的见解持否定意见。

这些意见认为，诊断是根据渗血点的有无做出的，大小和多少不构成依据。所以，本案可按施行解剖的大学教授所言，作为急性心力衰竭处理。

我对法医学家们毫不懂渗血点形成机制的现状感到愕然，但还是回答道：“如有用得到我的地方，无论何事，尽请告知。”

“先生，能请您出庭作证吗？”

那次来访后没过多久，律师就联系我，好像已经断定直接让我当证人进行说明会更好。

“当然可以。”

律师的盛情难以推却，我想为他们做点什么。否认事实的鉴定要蒙混过关，这不合道理。不去真挚地倾听尸体的诉说是错误的。我二话没说应下此事，心里有一个强烈的想法，要简明易懂地向并非专家的法官进行解释，让他们理解尸体状态和解剖结果体现出来的心脏死亡①和窒息死亡的区别。

出庭那天已经是冬天，刮着冷飕飕的风。

我站在证人席上念着誓词：

“我宣誓：我将遵从良心讲述事实，不隐瞒任何事情，不作伪证。宣誓人：上野正彦。”

然后律师走到我的跟前，开始询问证人。

询问是常规路子，从我的履历开始。

“您的职业是医生，是做临床吗？”

“没有。我没有临床经验。”

“主要从事哪个专科？”

“我的专业是法医学。”

“大学毕业后在哪里？”

“在东京都法医院工作。”

“那我问问法医的事。法医制度是怎么回事？”

---

① 心脏首先停止跳动所引起的死亡，多发生于心脏原发性疾病和心脏损伤的情况下，亦可发生于高碳酸血症或其他外来刺激引起的迷走神经反射和电击等情况下。

“根据《尸体解剖保存法》[1]第8条，法医的工作是对所谓非正常死亡尸体进行尸检、解剖，查明死因，就是查明死因不明尸体的死亡原因。”

“每个都道府县都设有法医院吗？”

“不。在日本，只有东京、横滨、名古屋、大阪和神户这五大城市设有法医院。”

“刚才您提到死因不明。死因不明以及非正常死亡尸体，这是什么意思？”

“死亡通常分为因病死亡和非正常死亡两种。因病死亡，就是正在接受医师诊疗的患者的内因死。所谓内因死，就是患者因所得之病而死亡。在这种情况下，主治医生出具死亡诊断书即可。除此以外的其他死亡均作非正常死亡处理。”

“那么在东京，比如吃年糕卡在喉咙里导致死亡，就属于非正常死亡咯？”

“是的。这属于外因死，即由体外原因导致的死亡。”

---

① 日本于1949年6月颁布的一部医事法，旨在规范相关医生及解剖学、病理学、法医学专门人员的病理解剖、行政解剖和司法解剖行为。其中第8条规定：“特定地区的都道府县知事可设置法医，对辖内地区发生的因传染病、中毒、灾害引起死亡的可疑尸体及死因不明尸体进行尸检及解剖，以判明死因。但不得在依据刑事诉讼法第229条规定的验尸以前，对可疑死亡或有可疑死亡嫌疑的尸体进行尸检和解剖。”

“比如因脑溢血摔倒，从楼梯上跌落而死，这种情况下疾病似乎也可以认定为死亡原因。这种情况如何处理？”

“要区分是疾病发作跌落楼梯的，还是被推下楼梯的——这属于非正常死亡。我认为，这种情况光靠验尸恐怕无法知道死因，所以要根据法医的判断进行行政解剖。”

“刑事诉讼法中有一个词语叫作司法解剖，这与行政解剖有什么区别？”

“在死因不明的情况下，有时会根据法医的判断进行解剖，这就是行政解剖。司法解剖是怀疑存在犯罪嫌疑时在检察官指导下进行的解剖。”

“证人本人做过司法解剖吗？”

“做过很多次。”

从有关我工作的问题切入，很快问到了身为大学教授的法医学家与我这种法医在工作做法上的不同。

不管是在现场勘查、验尸、解剖的种类方面，还是在数量方面，法医所做的绝对多于身为法医学家的教授。这一点当场便得到了确认。询问在此基础上继续进行，问到了“因病死亡”与“窒息死亡”的区别。前者是大学教授作为法医学家做出的第一次鉴定结果，后者是后来我作为法医做出的二次鉴定结果。

在确认了我对大学教授根据尸体表现出具的鉴定书做了二次鉴定之后，提问继续。

“鉴定书里多次提及淤血、渗血点之类的词语，首先请问，所谓淤血是怎么回事？”

“血液循环变差，血流淤塞，血液滞留在毛细血管等处的状态称为淤血。”

“所谓渗血点又是怎么回事？”

“血液阻滞严重，渗漏到毛细血管外侧，即漏到血管外面，就会呈现点状出血状。红血球会显出红色。”

“您刚才说到血液阻滞，请问这种现象是在什么情况下、如何发生的？”

“淤血通常产生于人猝死时心脏停止跳动之前。在勒死的情况下，脖子被勒住时会产生更为严重的淤血。”

“您的鉴定书里写道：‘淤血严重，多部位可见数量较多渗血点。可考虑非由单纯的疾病发作所致。如渗血点属于轻度则可不议，但此案渗血点已达相当严重程度，不可认定为因病死亡。’能请您解释得再详细一点吗？”

“比方说，即使脖子被勒住，只要心脏没有异常它便会继续跳动。可是脖子被勒后不能呼吸，就会引起肺循环阻滞。这样，肺循环系统就会发生严重的淤血，出现非常明显的淤血或渗血点。所以，这种情形可见的淤血和渗血点比心脏病发作时更为明显。”

法医学教科书里只讲到窒息死亡和因病猝死会出现渗血点，但没有提及大小。然而如前所述，根据众多实例的经验，我深谙渗血点有大小之别，而这大小甚至具有识别死因的意义。

压迫颈部造成物理性血流阻滞导致渗血点大，而因疾病发作呼吸困难引起血流障碍时导致的渗血点小。

这个现象合情合理。但传统教科书和文献没有如此详细的记载和报告。这也许就是上野的意见被当成个人见解，难以被人信服而遭到否定的原因。如果不能让法官和普通人明白这个道理，那么就会败诉，真相就会被葬入黑暗。

我并非单纯只想打赢官司。我是怕一个人的宝贵人权由于无知的荒谬而遭到漠视。律师也与我有同样的想法，执着地要查明此案真相。

“那么请您指出，有什么特别之处可以让人们相信本案的死亡并非心脏病发作所导致，而是窒息死亡呢？”

“第一点，淤血和渗血点整体很严重。其次，不仅呼吸系统，上下嘴唇、口腔黏膜，甚至食道内膜都出现了淤血和渗血点。我认为，这些表现用心脏病发作是无法解释的。”

实际上，我出庭当证人似乎有了效果。此后形势明显转变，律师又找来了一位证人。

这次的律师格外上劲。但由于审理时单方面优先考虑医院方面的解释，连家属都感到了情况不妙。很遗憾，以前没有人支持我的意见。不过，作为证人站在法庭上，我感觉到了自己独特的力量。继对我的证人询问之后，就在需要再有一个证人出来向前推一把的时候，律师打来了电话。

“先生，其实我们找到了一位新的证人。他是位医生，在这家医院打工，男子在医院死亡时他正值班，最先处理的尸体。我们得知了这位医生的住址。他说愿意为我们作证。”

“是吗？那太好了！”

律师希望能够成功，盯着精神病医院到处打听。终于有一家医院的人告诉他，认识当时的当班医生，可以介绍。后来律师见到了那位医生本人。

“下个月会传他来做证人。我会再跟您联系的。”

说完律师挂断了电话。

半年后，律师又打来电话。

“先生，谢谢您啦！当班医生如实讲述了当天的情况，全面证实了先生的窒息死见解。”

当班医生说，护士叫他，他赶到了病房。几个小时前通过注射致其睡眠的患者就在那里。令人吃惊的是，患者被固定的双腿从床上落下，下半身掉下病床，脖子挂在了固定胸部的带子上，呈上吊状。

医护人员急忙把患者放下，采用了人工呼吸、注射强心针等急救措施，但已经来不及了。

死因是上吊状态下的窒息。

医院方面害怕被追究过失责任，做了隐瞒。

本案件中，小米粒大小的渗血点为我们揭开了真相。

阅读判决材料，我看到审判长做出的认定为：“根据淤血和渗血点严重这一点，死因并非因病死亡，而是窒息死亡。”

通常我只要提交鉴定书便可以了事。但本案，是我出庭作证、直接解释，才取得的成果；也是律师多次奔波往返，找到当班的医生，让他出庭作证，才取得的成果。

回顾起来有趣的是，渗血点虽小却使大案真相大白。

死者的父母和妹妹非常高兴，多次流着泪向我道谢。

每年到了盂兰盆节[1]和年末，他们还会寄来礼物。

有一次，我寄去一份感谢信，里面写道：“父亲的心情我已充分领受，今后请不必再如此记挂了。”但他们的礼物却从未间断过，一直坚持了十多年。

两年前的年末，我没有收到从未中断过的礼物，却收到了妹妹写的一张守孝明信片，告诉我她父亲已经去世的消息。

案子已经过去了20年的岁月。

一切正在变成遥远的记忆。

但愿人世间会变得让社会弱者也可安居。

①盂兰盆节在日本是仅次于元旦的大节日，日本人会换上隆重的传统服装，举行祭祀仪式。

夜钓人意外死亡案

我刚刚读完一宗民事诉讼案的审判记录。

起诉方是一家小型建筑类公司，被诉方是一家保险公司。

建筑公司要求保险公司赔付所投保的 1 亿日元伤害保险金；保险公司则说对方违反了合同，不能赔付。双方为此形成纠纷。

被起诉的保险公司一方阐述了不予赔付的理由。

起诉的一方则叙述了自己的主张，称理由如此，必须赔付。

“原告的主张”和“被告的主张”被分别记录在案。

读了记录，我充分了解到双方主张针锋相对。

也许有人会认为，打官司当然是对立的。但是，如果换成要做出判决的审判长的立场去阅读，就可能产生不同的观点。

本案详情容后再叙，先述梗概如下：

两个熟人出门夜钓。

两人中的一个男子去自动售货机买果汁。这期间，另一个男子失足跌落大海溺水身亡。

这个溺水死亡的男子是本案起诉方建筑公司的员工，他以建筑公司为受益人投有1亿日元的伤害保险。

由于应赔付保险金的保险公司拒绝赔付，建筑公司提起了民事诉讼。

我们抽出记录中的一条作为例子来看看双方主张的不同之处。

被告方关于夜钓溺水死亡的主张是：

“死者没有垂钓的爱好。”

作为证据，被告方主张死者家中并无钓具，从未与一同居住的父母聊起过钓鱼的事。

另一方面，原告方则主张：

“死者有钓鱼的爱好。”

作为证据，原告方主张死者曾与此次一同去夜钓的男子外出钓过鱼。

被告方的主张存在若干现实性，但一般会把话说得如此绝对吗？

例如，如果按着我的经验来说会是这样的：他少年时代一直生活在渔港，来东京生活后有时也会带儿子去垂钓，所以他不是完全没有垂钓经验，但并没有达到爱好的程度。

如果我站在死亡男子的立场上，原告和被告究竟会向对方主张什么呢?

关于案件的动机，双方对于公司经营状况的主张也全部相左。

被告方的主张是：

“建筑公司总经理等人给死者的借款超过数千万日元，为让他还款，就让他在建筑公司工作。而且，公司欠有巨额债务，经营艰难，存在为身为公司职员的死者投保并将其杀害的动机。”

原告方是这样反驳的：

“本案意外发生时，公司的股票交易等有所获利，不但向死者全额支付了工资，还以营业活动费的名义另行支付了十至二十万日元。可见公司方面明显并不存在牺牲死者生命和身体而非法回收债权的目的。”

用关西方言来说，目前已到了“到底信谁”的境地。

总之，旁观者在争长论短，却把当事人抛在了一边。

有人犯案时杂志会进行采访，有人会回答“从未见过作案如此残忍的人”；也有人的回答正相反：“本来就觉得这事可疑，听了案情更这样想了。”

而阅读了本案材料后我再次感到，没有什么案件会比这样的案子更能体现“尸体会说话”了。

即使是同一件事，也会因周围人的看法不同而显得不同。

同一个人，在活泼开朗的人看来太过老实，在呆板认真的人看来太闹腾。两种印象迥然不同。

然而，尸体却绝不会摇摆，只会说出一个真相。

保险公司打来电话，说有事想向我咨询。

保险公司与个人不同，出事后公司里会有专员进行详细调查，只有在认定案子可疑，只能靠诉讼争取时才会委托鉴定，作为证据之一。他们在电话中一般只约何时见面。

这次也是保险公司的人同律师一起带着材料来到了我家。

我开头所讲的案子详情如下：

一男子跟熟人一起出门夜钓。熟人说口渴要买果汁，便去了附近的自动售货机。

过了十五分钟左右熟人回到现场，发现男子已经趴在水深二三十厘米的岩石滩上死去了。

只有两个人，没有目击者。

警察委托大学的法医学家进行了司法解剖，确认包括有无作案嫌疑在内的各种情况。

结论是“溺死”。

在漆黑的岩石滩上走动时，脚下一滑，向前扑倒，头部受到撞击，失去意识，溺水而亡。

天上下着雨，也没有打斗的痕迹。

根据现场勘查和证言，警察认定为“意外死亡”并做了处理。

死亡男子是一家建筑公司员工，公司为他在两家保险公司各投了1亿日元的伤害保险。两家的保险合同都是被保人一年内意外死亡，保险公司赔付1亿日元。这种保险适用于从事高风险工作和在高风险场所工作的人，如同旅行保险那样，如在旅行中遭遇不测，保险公司将赔付1亿日元的保险金。

公司方在男子死亡一周后向保险公司申请赔付。两家保险公司中，一家认为是意外死亡，做了赔付。但今天来我家咨询二次鉴定的这家保险公司调查了本案背景，发现该建筑公司债台高筑，有疑点，并因此拒付。

本案是一年前的春天发生的。

当年秋天，保险公司提起诉讼，转年1月份来委托我做鉴定。

“材料也一应备齐了，请您参考。是否接受委托，请您与我联系。”

材料详细，还包括了外围采访的记录。

“我明白了。”

我说着，正要结束这天的商谈。

就在这时，突然想起一件事，便向保险公司的人问道：

“话说你们有尸体的照片吗？”

“您是说尸体的照片吗？”

说着，他把已经递到我手里的材料拿回去，找了找，抽出一张照片给我看。

“是这个吧？”

“是的，谢谢！”

这是被认定为溺水死亡的男子的面部照片。

看着照片，我回答道：

“这个案子，我想我可以配合你们。”

“哦？！”正在对面跟我一起看尸体照片的保险公司人员一惊，抬起脸，盯着我。

这不奇怪，因为我平时都是先仔细查阅鉴定书等材料，日后再回复能否按照对方的意思进行鉴定，而他也很理解我的做法。

“这行吗？”

他的脸上写着：“先生，不再仔细了解一下情况，不要紧吗？”

“当然，让我详细鉴定一下。”

我当场答应，是因为尸体照片一眼就能看出，明显与单纯的溺水死亡有矛盾。

能如此清楚地看出问题，实属罕见。

这真是“尸言胜于雄辩”。

当然，我不会因为当场看出问题就马马虎虎地做鉴定，我决定认真仔细地调查，保险公司的人一走，我便立刻着手查阅成沓的材料。

我看了验尸记录，死者前头部受到撞击。

最大的伤是前额上鸡蛋大小的跌打伤。

解剖所见也是前头部和面部有损伤，手脚也有少许擦伤和跌打伤。但不论怎么看，这些伤都不至于导致昏迷。

这些伤即使会导致瞬间意识丧失，但如果面部浸入水中产生痛苦，伤者还是能意识到并进行防御的。

那么，男子是怎样死亡的呢？

乍看上去，男子的额头和脸部有很多擦伤。

前面说过，男子额头上有鸡蛋大小的跌打伤。警察认为这就是致命伤。

深夜的海边，四下无人。岸壁崩塌，浪际线上堆积着岩石和混凝土砌块，两个人在岩石和砌块间夜钓。鉴定书上也写着，死者就是在此处向前扑倒，撞到头部，失去意识，溺水死亡的。

溺水处是水深二十到三十厘米的浅滩。男子呈俯卧状漂浮。假定他是在那里摔倒后一下子就昏迷过去的，应该有一处大伤才对。

那么，死者面部的多处擦伤又是什么呢？

左右颊都有伤，这与所说的状况明显不相吻合。

我推测事情是这样的：

有某个第三者在黑暗中袭击了男子。

他摁着男子的后脑勺，把他的脸按在海水里。

当然，男子不能呼吸，痛苦挣扎。

由于是浅滩，下面就是沙子和岩石。于是，他越是挣扎着想把脸抬出海面，海底的沙子和岩石对他脸部的摩擦就会越多。

很快，男子便在海面下吸进海水窒息而死，停止呼吸。这个第三者松开手后，男子便漂浮在浅滩，被人发现。

如果冷静地解读尸体表现，可以推测这是最准确的判断。

我详细研究以后，写了一份这样的意见书：

“据解剖执刀医生出具的鉴定书记载，死者面部上半部分可见损伤，但极轻微。最明显的外伤是右前额损伤，为左上方向右下方的斜向摩擦跌打伤，形成鸡蛋大小的挫伤。伤口处未见颅骨，解剖也未见颅骨骨折和骨裂等。鉴定书并称脑部未见病变和外伤等。然而，鉴定书却又写道：可以推定死者头部受到猛烈撞击引起昏迷后溺水死亡。”

我首先出示了这些伤不构成致命伤的依据，接着论及溺死的情况。

“溺死有水没溺尸和漂浮溺尸。溺水后呼吸道吸入溺液，将肺部空气挤出。失去起救生圈作用的肺内空气后，尸体便会沉没在水中。

“没有吸入大量溺液而死亡时则会形成漂浮溺尸。

“本案尸体发现时处于漂浮状态，可知属于吸入溺液较少的溺尸。

“而且，肘部和膝部可见多处伴随微小皮下出血的密集跌打伤。把这些伤解释为在岩石上一次性滑倒形成的，将会产生矛盾。”

我在叙述中还加上了其他种种溺尸症状，然后说明只有认定死者并非单纯的溺死，而是被某人摁着后脑勺在水下吸进海水而谋杀，才与尸体情况相吻合。

不过，也许有人会这样反驳：

“这些损伤是死者淹死后呈俯卧状漂浮在海面时，尸体在海浪中浮动，身体前面擦到浅滩水底的岩石和沙子造成的。难道不会有这种情况吗？”

这一点可以明确地予以否定。

如果是这样，那么这些伤就是死后伤，就不会有生活反应。

然而，尸体表现的伤均可见生活反应的残留。

所谓生活反应，就是皮下出血、化脓等只有在存活的身体组织中才会发生的变化。受害人的伤分明为生前所受。

“托先生的福，我们胜诉了，非常感谢您！”

出具意见书之后两年过去了，可谓是杳无音信。

这期间，我每天被琐事追着跑，不知不觉彻底淡忘了这次鉴定。当然，一经提醒还是会立即想起，但若无人提起，多半会就此忘却。

把鉴定书交给委托人，我的工作即告结束。有时对方也会提交其他法医学家的鉴定书。这时我便要就此再次提交意见书。对方也会针对我的意见书再次提出反驳。

如此几经交锋，最后我也可能会作为证人出庭。不过这种情况比较罕见。

如果碰到这种情况，一个案子就会耗上几年的工夫。我基本上都是提交了鉴定书就结案的。从接受委托到出具鉴定书，我一般会花上一个月左右的时间。说得极端点，我会在这期间与尸体打上一小段时间的交道。

我从不过问“那个案子后来怎么样了”，所以我的工作往往会在我根本不知道是胜诉还是败诉，自己的鉴定起了多大参考作用的情况下结束。

也许，鉴定费跟律师收费不一样，不是成功酬金[①]，所以不问结果的倾向更明显。毕竟，鉴定不过是审判的证据之一罢了。

“我要登门道谢！”

当时，我接到这样一个难得的电话。我估计他们非常高兴。

我同前来的办案员聊着天，聊天过程中还看了审判记录。

原来，办案员特意主动专程来我家是有原因的。

我在鉴定中做出的认定大大左右了审理，成为走向

① 成功酬金，又称胜诉分成，指律师代理当事人诉讼，胜诉并收到案款后根据事先与当事人约定的案款分成比例收取费用的律师费计费方式。

胜诉的决定性认定材料。

实际上，我读着审判记录，也充分了解到了这一点。

本节开头已经交代过，双方所有意见，条条针锋相对。一方主张“死者没有垂钓的爱好”，另一方则主张“死者有钓鱼的爱好”；一方主张“资金困难”，另一方则主张“资金并不困难”。

其中唯一明确的就是我所指出的“并非单纯的溺死”这一点。

我在意见书中做了以下总结并签上了名字：

“从法医学角度分析本案损伤的成因，如果认定为‘在浅滩上被面朝下摁住后头部引起痉挛溺死’，则到死亡为止的过程情况可以得到解释而没有矛盾。”

做出这个结论之后，我又在最后加上了这样一句话：

“有必要做一研究，以确定究竟是将本案认定为迄今一直认为的自身过失摔倒后溺死为好，还是应该认定为存在第三者介入作案的可能性为好。

“完。”

这是我想指出的重要观点，不过可以先放一放。我想赶紧往下看审判记录。

在保险公司告诉我“审判胜诉了”之后不久，全国性报纸大量报道了本案。

跃然出现在报道标题里的是怎样的文字呢？

意外死亡被民事判决成“杀人”。

再读审判记录可知，本案格外复杂，出乎意料。

关于案件背景，我只知道个大概，毕竟我的工作只是通过尸体状况鉴定死因。

即便需要了解死者是在怎样的状况下钓鱼的，鉴定死因也不需要知道死者是否有钓鱼的爱好。

死亡男子工作的建筑公司债台高筑，总经理却为该男子投了保。而男子本人也从总经理那里借了巨额钱款。

死亡男子同熟人外出夜钓前不久，这个熟人和总经理认识的某个暴力团成员一起吃过饭。熟人与暴力团成员之间存在纠纷，不敢违抗其命令。据推定，那人在事故发生前后的行为受这名暴力团成员指使。

另据报纸报道，县警署根据保险公司的报案重启侦查，因杀人案嫌疑向总经理及其熟人等询问了情况，但尚未作为嫌疑人予以逮捕。

这名暴力团成员或是其他类似人员在自动售货机处等待，等那熟人去买果汁，便杀害男子，伪装成男子溺死的样子。估摸着犯人离开现场以后，熟人这才回来，发现男子已经溺死，于是报警。这些情节都是可以想象得到的。

但这中间有一个重大问题。

我指出“有必要做一研究，以确定究竟是将本案认定为迄今一直认为的自身过失摔倒后溺死为好，还是应该认定为存在第三者介入作案的可能性为好”的原因正在于此。

因为我所鉴定的不是刑事案件，而是民事案件。

说白了，我所做的是不需要赔付保险金的鉴定，而不是男子被杀的鉴定。

如果这是警察委托的二次鉴定，我大概会写下这样的结论：

“本案并非单纯的意外溺死，死者被投入水中导致溺死的谋杀嫌疑极大。”

民事判决驳回了原告要求赔付保险金的请求。被告可以不用赔付保险金了，我的鉴定也就完美地达到了目的。

其实，委托方保险公司的人欢呼雀跃，非常高兴。这点并不错。然而我却不能撒开手去高兴。

因为我所鉴定的尸体在诉说：

“我是被人从背后袭击，后脑勺被摁进海里杀害的。”

然而我却不能直接指出这一点，留下了工作未完成的焦虑。

听说把本案作为意外事故处理的警察接到民事判决后，慌忙重新侦查。事实是，国家权力机构必须为承认自己的错误而开展重新侦查。

我斗胆说出对此案感到不踏实的原因，是因为我毫不怀疑地相信，本案可以成为一个契机，使今后的日本法医学做得好起来。

“我是被杀害的！”

尸体在拼命诉说着，可是该读懂的人却没有读懂。在我看来，只能说这实在是一起让人懊恼的案子，死去的人也会死不瞑目。我最要捍卫的是死者的人权，所以这一点给我留下了无尽的遗憾。

如果本案一开始就被作为杀人案而非意外事故处理，情况又会怎样呢？警察一定会因为这是一起骗保杀人案而派员四处侦查，锁定证据，搜捕犯人，或严谨细致地反复勘查现场。

如果当初是这样做的，那么这个案子一定与现在的情况大不一样。

在最早阶段，那位身为法医学家的大学教授所做的尸体鉴定存在重大疏漏。

这让原本很容易看清的尸体状态包藏了再也无法大白于天下的隐情，掩蔽了案件的真相。

“不行！这不是简单的溺死，必须重新认真侦查！”

法医学家必须通过验尸和解剖看穿案件真相，明确地说出这句话。这个案子告诉我们验尸和解剖是多么重要，同时也告诉我们，法医学家的作用在查明案件真相方面是多么重大。

我真心希望警察能通过自净作用深挖本案，直至犯人归案。

我期待几年后报纸上会登出《夜钓案犯人被捕》的报道。

有时电视等媒体的报道也会促动警察。本案也需要借助媒体的力量诉诸社会。

我真切希望，本案能够成为诸事向好的契机。

哥哥的眼泪

这人是妻子的熟人介绍的，都住在同一地区，说是有事要好好向我咨询。在电话里，我大致听了一遍事情的经过，然后问他是否已找律师咨询过。

这样问的原因前面已经讲过，这里不再重复。但还有一个缘故，就是很多人会把我的工作与在法庭上并肩战斗的律师们的工作混为一谈。

二次鉴定有时的确会成为最强大的武器，但说到底这只是审理时认定谁对谁错的依据之一而已。要想在现在日本的审判中胜诉，律师的力量比什么都重要。

“请您先咨询一下可靠的律师。如果律师说需要我的鉴定，您再与我联系。”

如果不找律师，我的鉴定就不能充分发挥力量，所以我基本上都会这样回答对方。可这次是对方通过帮过我很多忙的人来委托的，虽然对方回答尚未找律师，我却不能不留情面地回绝掉他。

“是吗？那详情等见了面再问您。”

我这样答复了对方，挂断了电话。

当天，那人就和夫人一道造访了我家。

“请多多关照！”

他深深地鞠躬。照第一印象讲，那笑脸给人的感觉就是一个地地道道的老好人。

夫人也是一个朴素之人，毫不招摇。

“先生的书我基本上都拜读过。”

“客气了，客气了，谢谢您了！”

虽然夫妇俩都说是我的热心读者，但我感到他们很理性，不光是对我的书，对一般时事也有很深的见地。

也许是长期工作顺利的缘故，他很有风度，看上去绝不是感情用事的人。

当时我压根儿没想象到，后来遇到的事竟大大改变了我的印象。

“我们想，先生一定会助我们一臂之力的。”

“别，别，我真是诚惶诚恐！那你们能不能跟我讲讲这次事情的详情啊？”

“好的好的。请您关照了！”

那位先生整理了一下心情，端正了一下坐姿，然后用沉着的语调慢条斯理地介绍起案情梗概。

事关长年生活在远方的妹妹。

一天，妹妹的丈夫一大早出门上班去。妹妹发现他把东西忘在了起居室，便慌忙冲出家门向车站奔去。运气不错，她追上了丈夫，并把东西交给了他。妹妹心里的一块石头落了地，便往家返，路上却遭遇了意外。

在拐过十字路口后行人很少的路上，有人发现妹妹倒在地上。她不省人事，被送进了医院。

赶到现场的警官根据现场和她倒卧的情况，推定这是一起交通肇事逃逸事故，便立即在附近一带紧急布控。然而，几个小时后……

她被送进的那家医院的医生做出了诊断，认为尽管妹妹是倒在路上的，但不是交通事故，而是自发性蛛网膜下腔出血[①]发作。警察收到诊断报告后解除了紧急布控。

这时，她的哥哥，也就是来咨询我的人正从东京赶往妹妹被送进的那家医院。

据说刚一出事，就立即有人联系了哥哥。

妹妹生活在乡下，那里也是哥哥的故乡，他在那里

---

① 蛛网膜下腔出血是指各种原因引起的脑血管突然破裂，血液流至蛛网膜下腔引起的一种临床综合征，可分为自发性（大约占脑血管意外的 15%，多见于 30 ～ 70 岁）和外伤性蛛网膜下腔出血。

一直生活到旧制中学[1]毕业。妹妹在当地结婚，一直生活在那里。哥哥来东京找到了工作，虽然是兄妹，两个人却不太有机会见面。

那天，哥哥花了七八个小时，夜里很晚才赶到妹妹住院的医院。可是久未见面的妹妹却不省人事，处于昏睡状态。

在医院，哥哥听了关于事情经过的说明。但听了说明之后，怀疑的念头却一直挥之不去：真的不是交通事故吗?

妹妹躺在病床上，处在昏睡状态，手露在被子外面，手背上可见细小的蹭擦跌打伤。

交通事故的怀疑挥之不去，哥哥为了谨慎起见，撩起妹妹的衣服，用照相机拍下了妹妹脚腕上形成的皮下出血和细小的蹭擦跌打伤。

一夜下来，怀疑不但没有消失，反而越来越大。

来找我咨询的这位哥哥左思右想理不出头绪，便来到被指为妹妹摔倒的事故现场，拍摄了现场照片。他凭

① 旧制中学是日本在 1947 年施行《学校教育法》以前对男子进行普通中等教育的一种学校。小学毕业后入校学习 5 年（“二战”中一段时期改为 4 年），毕业后可获旧制高等学校、大学预科、旧制专门学校等学校的入学考试资格。旧制中学的学习时间相当于新制初中 3 年加高中前 2 年。

一己之力向住在附近的人打听当时有没有听到异常的汽车声响，有没有目击者。然而无人知晓。

由于工作原因，哥哥三天后不得不回东京，但心里又放不下妹妹，无奈就这样牵肠挂肚地回到了东京。

七天后，妹妹在昏迷中死亡。接到讣告，哥哥穿着丧服又赶到了妹妹身边。

那警察后来做了些什么呢?

最初几个小时，警察认为是肇事逃逸事故做了紧急布控，可医院医生的诊断不是事故而是疾病，便解除了布控。

在现场的警察也觉得不踏实，担心没准儿就是一起交通事故，于是尽管妹妹被诊断为病死，但慎重起见，他们还是把妹妹的遗体送去做了司法解剖。

解剖分司法解剖和行政解剖两种。这次进行的是司法解剖，是犯罪侦查的环节之一。可见在这个时间点上，警察依然是认识到事有蹊跷的。

进行司法解剖的是当地国立大学的法医学教授。

解剖结束后，教授向警察做了说明：右侧头部有跌打伤，死因是“交通事故导致的外伤性蛛网膜下腔出血”。

最早送进的那家医院下的诊断是自发性蛛网膜下腔出血。

死后大学教授根据司法解剖下的诊断是外伤性蛛网膜下腔出血。

这两个诊断完全不同。

前者是因病死亡，而后者是交通肇事逃逸案。

诊断结果天壤之别，区别之大足以左右人的命运。

教授也向包括来咨询我的哥哥在内的家属做了同样的说明。

“果然是交通事故啊！以后逮捕犯人的事就交给警察吧。”

哥哥为自己的预感准确而感到释怀，觉得警察肯定会将其作为肇事逃逸案进行处理，便满怀期待地回到了东京。

像这样翻案两三次的案件绝非罕见。

和歌山市发生的和歌山咖喱饭投毒案亦属此类。

那些吃了夏日节[①]上提供的咖喱饭的人，刚一吃就反映味道不对，刺辣刺辣的，刺激味太大，跟正常的咖喱饭不一样。

有人呕吐，有人叫腹痛。因为是当地的夏日节，有

① 日语为夏祭り，即夏季祓禊。日本各地于夏季举行的为驱逐病魔和秽气而净身祓禊，祈愿健康幸福的活动。

人踉踉跄跄地回家去了，有人则当场痉挛，动弹不得，现场一片混乱。

结果，有 67 人被医院收治，其中 4 人死亡，遂成大案。

当初，保健所医生的诊断是群体性食物中毒，于是按食物中毒的思路采取了措施。

可是很快就有人指出，吃下去当场出现症状的情况很难认为是食物中毒，于是检验了受害人的呕吐物，并检出了氰化物。事态严重，警察都成立了侦查本部。后来有人死亡了，便对受害人进行了司法解剖，公布的死因仍为氰化物中毒。

我作为电视台的解说员于案发三天后来到现场。

由于是氢氰酸中毒案，我们被安排去了举办夏日节的广场。我观察了疑似呕吐地点附近的地面，没有发现虫子之类的尸体。根据我多年的法医经验，氢氰酸中毒的呕吐现场多数会有苍蝇、蚂蚁等的尸体。

我起了怀疑，难道真的是氢氰酸中毒吗？但警察和做司法解剖的大学都认定是氢氰酸中毒，估计不容我去怀疑。

我内心觉得可疑，但还是以氢氰酸中毒为前提做着电视解说。

可是，七天后有人指出死者情况与氢氰酸中毒症状不符，警察厅的科学侦查研究所再度调查，毒物变成了砷化物（砒霜）。

一开始的诊断是食物中毒，很快改成了氢氰酸中毒，一周后又变成了砷化物中毒，检验结果一变再变。

每次变化都会让警察的侦查跟着团团转。当地自不必说，不停变化的消息搅动了整个日本。

我认为，引起混乱的原因就是不熟悉如何判定氢氰酸的预检结果。

氢氰酸预检方法在法医学上称为舒贝因·帕根施特歇尔法（Schonbein-PagenstecherMethod），是把白色试纸浸入检材进行试验的一种方法。

试纸靠近氰化物时当即就会发生反应，变成蓝色。

然而，即使没有氢氰酸，置于空气中四五分钟后试纸也会慢慢地变成蓝色。

如果做试验时不了解这一点，就会因为试纸变蓝而误认为是氰化物。大概原本试验结果是阴性的，可能因为不了解试验的特性，所以搞错了。

如果预检结果呈阳性，通常会立即进行确认试验。做完确认试验后方能正式公布结果。不走完这个程序，预检结束后便公布了“氢氰酸”的结果，这就是引起混乱的源头。

医生为夏日节第二天死亡的人做了司法解剖，诊断为氰化物导致的中毒死亡。这也可能是因为做氢氰酸预检时未见试纸立即变蓝，但四五分钟后试纸变蓝了，于是误诊为氢氰酸的缘故。

氢氰酸气肉眼看不见，它产生于解剖中切开胃的时候，执刀医生吸入后会发生头痛现象，所以当场就会知道是氢氰酸。胃会因致死量的氢氰酸而腐烂，变成大红色。健康的胃是白色的，遇到砷时黏膜并不会腐烂。像我这样的法医可以据此做出认定。但在没有法医制度的地方，不太会有解剖氰化物自杀尸体的经验，发生误判也难怪。

不过，检验结果如此变化会给侦查带来很大混乱，遗属和警察也会跟着乱，如果是著名案件，全日本都会掀起轩然大波。

言归正传。出现如此迥异的结果时，应该怎么办呢？

医院医生的诊断是内因性蛛网膜下腔出血。

司法解剖的结果是外因性蛛网膜下腔出血。

检验尸体是法医学的事。从这一点看，不消说，最终定案一定是司法解剖的结果优先。但由于临床医生与解剖医生的认定存在重大差异，警察决定让他们分别做出详细解释。

临床医生重复了自发性的主张，即认为是疾病发作。

解剖医生认为是外伤性，即交通事故的解释没有变化。

双方各持己见，互不相让。

于是，警察改变了提问的内容。

“受害人头部跌打是汽车冲撞造成的，还是疾病发作后摔倒在路上产生的？两者有何区别？”

解剖医生思考片刻后这样回答道：

“虽说是交通事故，但因为没有与汽车猛烈相撞的外伤，所以即使认定为疾病发作摔倒在路上撞到了头部，也没有矛盾。”

这一解释完全迎合了临床医生的见解。

警察将其作为肇事逃逸案重启了侦查，却因时间过去太久，案子又一度作为病死处理，过程混乱，即使重新开始侦查，但仍没有目击信息，现场也与案发当时大相径庭，没有任何新的发现。

话说回来，一度当作因病死亡结了案的案子，过了十天又接到命令，要作为交通肇事逃逸案进行侦查，就连办案警察都觉得提不起劲头。这也是现实。

自那以后，哥哥关心调查进展，多次给当地警察打电话询问，警察只说眼下正在侦查，没有任何进展。

最后，警察因为做司法解剖的大学教授都迎合了临床医生的意见，便把本案作为自发性蛛网膜下腔出血结了案。

哥哥得知后十分震惊。

解剖结束后的说明中讲的是交通事故，后来得到的鉴定书也是同样的认定。

然而这次得到的意见书中却写着“认定为自发性亦无矛盾”。

哥哥多次要求与大学教授见面，还写了信，执拗地质问为什么外因性变成了内因性。这难道不奇怪吗？可是，一个外行反驳专家，根本赢不了。此外，哥哥还对警察撤回前面说法的决定表达了不满，但同样不了了之。

哥哥自己收集了证据。

手脚上的外伤单是跌倒无法形成。警察当初说是汽车，但也有可能是摩托车。他列举了种种疑点质问警察，警察也未予理睬。

哥哥再也无法继续等待下去，决定要求检察审查会予以认定。对警察的决定不满时，可以要求审查会予以审查。哥哥利用了这个制度。

过了半年多以后，审查会的结论下来了。

结论认为警察的认定并无错误。

审查会开会的形式如同法院的审判员审理案件。审查会只看警察编制的文件，不太会颠覆警察的认定。

连去世妹妹的丈夫都说：

“大舅哥，算了吧，就到这里吧。我还得在这里生活，没完没了地跟警察对着干，脸上也挂不住。”

哥哥进退维谷。

在向检察审查会提出申请并得到结论后，哥哥夫妇就立即前来向我做了咨询。

他们第一次来访时我听了他们的介绍，基本上确定了自己的判断。第二次只有哥哥一个人来访。他讲述了一遍迄今为止的经过，然后说：

“先生，我真的不甘心啊！”

哥哥打开了喷火口，迸发出了对警察和国立大学教授不诚实的不满。

“医生身为法医学家，却迎合了警察。警察也觉得以因病死亡结案就可以了事，现在去追查犯人很麻烦。话语和行为中，处处都流露出这种感觉。”

哥哥很是愤怒。我则是没有材料什么具体事都做不了。我理解他的心情，但也给不出任何更多的建议。

第三次来访时，他带来了各种各样的材料。我确认了一下，有警察侦查情况的记录、大学教授的鉴定书，还有后来出具的意见书。

里面还有哥哥自己拍摄的现场照片和妹妹的伤情照片。我痛切地感受到哥哥思念妹妹的那种心情。

“那我好好阅读一下这些材料，然后再跟您联系，看我能不能帮到您。”

“请先生多多关照！”

哥哥眼睛里流露出找到依靠的神情，恳切拜托后回去了。

我读了施行司法解剖的大学教授的鉴定书和意见书，打心底里觉得可悲可叹。我太失望了，这居然是一个法医学家的所作所为！

警察把这个案子做司法解剖的真实意图原本在于区分死因是自发性还是外伤性。

大学教授通过解剖已将结果定为外伤性了，却又莫名其妙地解释成了“认定为自发性亦无矛盾”。

这个案子倘被人指责，说大学教授身为法医学家，却仿佛在为附和某人的意见而改变认定，也是无法洗清的。法医学者是捍卫死者人权的，如果法医是这样的意识，那他的鉴定资格乃至人格都会遭到质疑。

那么，究竟哪个认定是正确的呢？

是自发性蛛网膜下腔出血呢？

还是外伤性蛛网膜下腔出血？

从医学角度梳理可知，自发性蛛网膜下腔出血中的一大半病例都是由脑底部动脉瘤破裂造成的。

但也偶有未见动脉瘤的罕见病例。

这时，如果向脑底动脉注射着色剂，着色剂就会从血管的破裂处流出，可以确认出血部位。这是内因性的情况。

外伤性的情况是，外力施加于头部，脑在颅内受到震动，发生脑挫伤和脑表面血管破裂，引起蛛网膜下腔出血。所以，脑底部没有动脉瘤，即使有，血管也不会破裂。

所以，这两种情况是可以明确区分开来的。但是，他们要么就是没有做这些，要么就是没有相关的知识和经验。

所有混乱的根源就在于尸体解剖和鉴定结果。

“我似乎可以帮到你。”

我对坐在面前的受害人哥哥这样回答道。

“太谢谢啦！”

说着，哥哥长长地鞠躬，不愿把头抬起。

第一次找到帮自己的人，他该是多么高兴啊！

“没问题的。”

我把手搭在这位一直低头鞠躬的咨询人肩上，发现泪珠从这位受害人哥哥的眼睛里滚落到了地上，让我震惊不已。

回想起来已经好几年了，他一直拼着命为死去的妹妹四处奔波，坚持不懈，却屡遭否定。

警察、大学、检察审查会，就连妹夫都不能理解他的心情。为了妹妹，他一直单枪匹马，与国家权力不断斗争。

在这个过程中，哥哥得到了我这样一个合作者，心情一定会像抓住了救命稻草一般。

他终于抬起了头，而且一抬头就紧紧地握住了我的手。

“先生，谢谢啊！我真的……”

他流着泪，开始诉说起自己为什么会如此执着。

事情发生在日本大肆标榜“一切为了国家”的战争年代。

“战争年代，我为国家志愿参加了神风特攻队[1]，灭私奉公。我认为自己的生命属于国家，为了国家，我将力所能及地献出一切，战斗不歇。然而这个国家，现在却根本不要倾听我的倾诉。这就是国家吗？”

懊恼和愤怒，让他泪如泉涌。

我也是从那个年代过来的，十分理解他的心情。

国家必须永远善待国民。

“您说的我很懂。这几天我就拿出意见，我们两人一起加油！”

我进行了二次鉴定，提交了意见书：

“右小腿部正面偏下方有小拳头大小的青紫色皮下出血，中间可见苍白色带状压迫痕，似为某物形状的外伤。

“可以推测，该外伤系由较硬的有形状的钝器猛烈碰撞右小腿部形成。

“因而可以认定，该物体猛烈撞击右小腿部产生了作用，或者相反，右小腿部冲撞到了该物体。

---

① “二战”末期，日本海军航空队为抵御美军的强大攻势，利用武士道精神，对美军的舰艇编队、登陆部队以及固定的集群目标实施自杀式袭击的特别攻击队。

“这些损伤或因交通事故导致的剧烈打击所形成，或为高处坠落所形成，绝非单纯由自己摔倒等情况造成。

“尤其是在自己摔倒时，多伴有头部和膝关节、肘关节等处的蹭擦跌打伤，鲜有小腿部正面或侧面可见严重蹭擦跌打伤。

“且死者头部两侧跌打伤很难认定为单纯在路上摔倒所致。相反可以认定是由某种具有加速度的外力作用于死者所致。

“在这种情况下，如果用手和手臂护住头部和面部，则该等部位表皮可得保护。然而，尽管本案受害人用手做了保护，却仍然引起了外伤性蛛网膜下腔出血，故可认定此外力强大。

“基于以上原因，本鉴定人强烈反对检察审查会做出的‘完全没有可供认定死者遭遇交通事故的证据，死者因为身体状况发生变化而导致自身摔倒的可能性极大’的结论。”

最后，我做了这样的总结：

“根据尸体表现（右小腿部正面皮下出血、头部两侧跌打伤）和司法解剖认定的死因（外伤性蛛网膜下腔出血）考虑，显然有较强外力作用于死者身体，导致其摔倒在路上。结合这些表现和现场状况考虑，可以认定这些伤为包括自行车在内，摩托车或其他车辆等接触导致的交通事故外伤的可能性极大。至少本鉴定人对检察审查会‘自发性蛛网膜下腔出血导致摔倒在路上’的结论提出巨大异议。”

受害人的哥哥把我的鉴定书分发给了警察等相关人等，坚韧不拔地坚持自己的诉求。然而为时已晚，检察审查会已经做出了最终判定，我的二次鉴定书也未被受理，无功而终。

十多年前以因病死亡结案的这起案件没能重启侦查。

哥哥拼死的努力未能得到回报。

而哥哥也在三年前万念俱灰地去世了。

这是一起事后令人感觉很差的案件，恰似极为正当的理论在社会的机制中被无情地抛弃一般。

如今我仍会经常路过他家旁边。

每次路过，我都会想起他为了能让妹妹死得瞑目而拼命的样子，想起他那温情的眼泪。

后记

二次鉴定的宿命

看到苹果从树上落下，牛顿说那是被引力吸下来的，而不说是苹果自己掉下来的。所有人看到的都只是苹果掉了下来，没有人会认为那是错的，牛顿却用万有引力的科学理论解释了这个现象。然而，即使今天用引力来表述这个现象，恐怕仍然会有违和感，平常还是说成苹果掉了下来。

科学是究明真相的学问，既没有风情，也没有情绪，不允许任何造假和妥协。做学问就是准确无误地观察一个自然现象，再用理论去解释它。

拿法医学鉴定来打比方，看见苹果是掉下来的人是第一鉴定人，牛顿相当于第二鉴定人。究竟哪个正确，需要在法庭上辩论，最终由法官判决。所以，引发争议是二次鉴定的宿命。

法律上的所谓鉴定，就是从专业的角度认准指定案件的真伪、是非等，并将相关认定报告给有学识经验的法官，辅助他们做出判断。

比如有人发现了尸体，向警署报了案，警官便会立即赶往现场。

侦查随即展开，以查明死者何人，来自何处，为何死亡。

如果有杀人嫌疑，就不会进行通常的行政验尸，而要在检察官的指导下进行司法验尸。

由于保护现场很重要，最先出警的是鉴识处，拍摄现场照片，采集指纹、血迹、脚印等，进行各种各样的证据收集工作。尸体则由医生在现场进行尸体检验（验尸）。检察官则现场办理司法解剖的手续，以便立案。

收到法官出具的鉴定处理许可证后，要确定法医学家鉴定人，列明鉴定项目（死因、死亡时间、是否受伤、凶器的种类及其用法、毒物检查、血型、DNA 等等）后委托鉴定人进行司法解剖。

鉴定人则要根据鉴定项目，一边解剖一边详细记录实际状态，拍摄尸体表现的照片，使用显微镜了解微观状态，进行血液、胃内物、尿液等的药理化学检验，做出综合认定，编制鉴定书，提交给委托他的检察官。

复杂的检查还要详加考察，说不定还要引用文献等才能编制鉴定书，所以有时需要数月甚或以年为单位来计算所需时间。

检察官根据这些资料在法庭上与辩护方（嫌疑人方）进行辩论。如果审判结果是检方胜诉，败诉的辩护方不服判决，便会提起上诉。

如果诉讼人对第一鉴定人的鉴定持有异议或不满，则可委托其他法医学家进行鉴定。这就是二次鉴定。

反过来，也有检方败诉而上诉的案例。这时，检方会选择权威法医学家做二次鉴定人。

一旦有人来咨询或委托二次鉴定，我会首先听取案情，阅读参考材料，尤其会仔细检阅法医学鉴定书。我在正文中也多次讲过，如果这些资料中存在认定错误或矛盾之处因而有可能进行反驳的话，我就会接受委托；如果结论正确，没有矛盾，我就会拒绝接受委托。

我决不会有求必应，做出迎合委托人要求的鉴定。我认为这样做是歪门邪道，不配称为真正的法医学鉴定人。

二次鉴定的委托多来自检方，但也有来自辩护方，还有来自法院的。

民事案件中多为保险公司与投保人之间关于保险金赔付的纠纷。

有时我会接到保险公司的请求，让我做他们的专属鉴定人。

我婉拒了。我认为所谓专属是以做出对公司方有利的认定为前提的，是我不能接受的。鉴定，归根结底就是要公正地追求真相。而一个案件只有一个真相，有两个真相是不合理的。

如果审判采信了自己的鉴定并胜诉，鉴定人可能会得意扬扬，自吹自擂；如果败诉，鉴定人则可能会成为人们批评审判、抱怨审判的根源，而当事人则要直接面对更为严峻的现实。

胜者败者，泾渭分明。无论信服与否，败者都得服从判决。如此想来，二次鉴定影响巨大，不容造假与妥协。这瞬间使我感到了职务的严肃性。

看看审判过程中的鉴定案例，各有各的说辞，当作故事煞是有趣，但要依据实际的事实和理论指出对方的错误，论证自己主张的正确，解释得让谁都懂，从而让真相大白于天下，这可是非常辛苦的。

一切都是为了捍卫一个人的人权，容不得有错误的认定。读者诸君若能理解到位，我将十分荣幸。

2016 年 1 月

上野正彦

图书在版编目（CIP）数据

让法医哭泣的二次鉴定 /（日）上野正彦著；田建国译. -- 北京：北京联合出版公司，2023.3

（法医之神）

ISBN 978-7-5596-6280-4

Ⅰ. ①让… Ⅱ. ①上… ②田… Ⅲ. ①纪实文学－日本－现代 Ⅳ. ①I313.55

中国版本图书馆CIP数据核字(2022)第118674号

法医之神3：让法医哭泣的二次鉴定

作　　者：[日]上野正彦　　译　　者：田建国
出 品 人：赵红仕　　策划品牌：读蜜文库
策划统筹：金马洛　　特约编辑：孙　佳
责任编辑：龚　将　　封面设计：即刻设计
内文排版：读蜜工作室·思颖　　责任印制：耿云龙

北京联合出版公司出版
（北京市西城区德外大街83号楼9层　100088）
北京联合天畅文化传播公司发行
北京美图印务有限公司印刷　新华书店经销
字数105千字　787毫米×1092毫米　1/32　5.625印张
2023年3月第1版　2023年3月第1次印刷
ISBN 978-7-5596-6280-4
定价：32.80元

读一页书　舔一口蜜

法医之神 3：让法医哭泣的二次鉴定

策划品牌　读蜜文库
策划统筹　金马洛
特约编辑　孙　佳
封面设计　即刻设计

新浪微博 @ 读蜜传媒
合作邮箱 dumi@dumilife.com

诚邀关注

读蜜订阅号

读蜜视频号